A NOIVA DESPIDA

Nikki Gemmell

A NOIVA DESPIDA

Quais são os limites do desejo?

LeYa

Copyright: The Bride stripped bare © 2003, Anonymous
Diretor editorial: Pascoal Soto
Editora executiva: Maria João Costa
Assessores editoriais: Bruno Fiuza | Raquel Maldonado
Preparação de texto: Vívia de Aguiar
Revisão: Natália Klussmann
Tradução: Tânia Ganho
Diagramação: Lilian Franco | Vanessa Araújo
Designer de capa: Neusa Dias
Adaptação de capa: Raul Taborda
Imagem de capa: ©my inner child photography/ getty image - Flickr

---

G323 Gemmell, Nikki.
A noiva despida./Nikki Gemmell. - Rio de Janeiro:
Leya, 2012.
352p.; 14x21cm.

ISBN 978-85-8044-646-3

1. Romance. II. Título.

CDD B869.3

2012

TEXTO EDITORES LTDA.
[Uma editora do Grupo Leya]
Rua Desembargador Paulo Passaláqua, 86
01248-010 – Pacaembu – São Paulo – SP – Brasil
www.leya.com.br

Exmo. Senhor,

Tomei a liberdade de lhe enviar este manuscrito, que espero lhe suscite interesse.

Foi escrito pela minha filha, que desapareceu há doze meses. O carro dela foi encontrado no cimo de um penhasco, no Sul da Inglaterra, mas o seu corpo nunca chegou a aparecer. Apesar de ter feito um interrogatório exaustivo a várias pessoas que lhe eram chegadas, a polícia concluiu que se tratava de um caso de suicídio e arquivou o processo. Há quem diga que ela terá encenado o seu próprio desaparecimento. Não estou certa de nenhuma dessas hipóteses e confesso que tal incerteza me devora por dentro.

Quando desapareceu, ela estava escrevendo um livro. Encontrei-o no seu notebook, quando a polícia o entregou a mim. Sou a única pessoa, pelo que sei, a quem ela falou desse livro. Trata da vida secreta de uma mulher casada e a minha filha queria manter o anonimato, para poder escrever com absoluta franqueza; tinha medo de acabar por se autocensurar, caso o seu nome fosse revelado na publicação. Queria também proteger as pessoas que lhe eram mais próximas, e a ela própria.

Li o manuscrito, na esperança de encontrar um motivo para o seu desaparecimento, e senti que a vida dela se abria diante de mim como uma flor. Havia tanto que eu não sabia. Tanto que eu não queria saber. Ela era para mim uma desconhecida, em muitos sentidos, e, no entanto, era também a pessoa com quem eu partilhava a maior intimidade.

A minha primeira reação, devo confessar, foi apagar o livro do computador e esquecer o assunto, mas passou muito tempo desde que a minha filha desapareceu. Embora eu nunca perca a esperança, sempre que o telefone toca, de que seja ela do outro lado do fio, sinto agora o dever de tentar publicar a sua obra. Creio que era esse o desejo dela, o seu profundo desejo. E tudo o que eu sempre quis foi a felicidade dela.

Portanto, aqui tem *A noiva despida*. Muito obrigada pela sua atenção e disponibilidade.

Para o meu marido. Para todos os maridos.

I

"Tenho a sensação de que dentro de você, em algum lugar, existe alguém que ninguém conhece."

Alfred Hitchcock e Thornton Wilder,
A Mentira

Lição 1

a honestidade é de importância suprema

O seu marido não sabe que você está escrevendo isto. É muito fácil escrevê-lo na presença dele. Tão fácil, porventura, como dormir com outras pessoas. Mas ninguém saberá quem é, nem o que fez, porque sempre foi tida como uma boa esposa.

Lição 2

a água fria estimula, enrijece e fortalece os nervos

Uma lua de mel. Uma terra estrangeira.

Aqui está, sucumbindo ao ritual sexual e recordando o dia em que, com sete anos, descobriu a água. Nunca tinha estado numa piscina; não havia piscinas no lugar onde foi criada. Lembra-se de umas férias de verão e de uma piscina com a água subindo pela sua barriga, à medida que ia entrando com passos cautelosos, e do lento rastejar do frio na sua pele e o ar preso num nó no seu estômago e a sua mãe sempre à sua frente, a sorrir e a incentivar-lhe, de mãos esticadas para ti, que recuava cada vez mais. Depois, de repente, solta os pés e está flutuando e a água ampara sua barriga e pernas como se feita de corda, vigorosa, balsâmica e sedosa, e a recordação tem a intensidade de um primeiro beijo.

Quanto à primeira vez que transou, bom, lembra-se do som, enquanto ele te preparava com os dedos entre as suas pernas, e pouco mais. Nem sequer o nome recorda-se.

Lição 3

saber fazer uma cama confortável é uma das tarefas mais importantes do trabalho doméstico

No ar noturno de Marraquexe, na sua tardia lua de mel, o primeiro tumulto dos pássaros matutinos parece gordura a fritar e estalar na cozinha. Ainda está escuro, mas os pássaros substituíram as rãs com um som vívido como se um maestro tivesse feito sinal com a batuta. A chamada para as orações tirou-lhe o sono e não consegue mais voltar a adormecer, quer escancarar as portas da varanda, de par em par, e inspirar a estranha madrugada do deserto. Mas se o fizer, Cole, o seu marido, vai acordar e queixar-se.

Portanto... Pousa a sua mão no osso protuberante da anca dele e respira o seu sono, o seu cheiro acre, doce, e esboça um sorriso na escuridão. O seu nariz inspira o odor da nuca dele.

Nunca na vida amou tanto uma pessoa.

Sai de mansinho para a varanda. Está calor, vinte e oito graus, no mínimo. Um assombroso sorriso de criança cumprimenta um imenso derrame de estrelas, uma vez que o vasto brilho alaranjado das luzes de Londres te impede de ver estrelas no seu país, mal percebe quando está lua cheia. As flores noturnas exalam a sua frescura, buganvílias, hibiscos e magnólias imóveis e sombrios na noite. Sente-se plena de contentamento. Cole chama-te numa lamúria e você volta para o quarto e o braço dele fecha-se como uma asa sobre o seu corpo, imobilizando-te.

Os seus pés libertam-se do sufoco do lençol e procuram a beirinha da cama, como fazem sempre, em busca de ar fresco.

Lição 4

poucas são as pessoas que têm muitos amigos;
o uso comum da palavra destitui-a de sentido

Na véspera de partir para Marraquexe, Sra. Theodora White conta-lhe que não sente paixão na vida, por nada. É um choque ouvi-la dizer assim, mas ela dissolve a sua preocupação com um sorriso e um gesto de mão. Retira um fiapo de tabaco da língua e lança a cabeça para trás a fim de engolir o resto do café com leite. Ela já nasceu com trinta e cinco anos, enquanto você ainda não se definiu, ainda não enfiou a carapaça da idade adulta. Também está na faixa dos trinta, mas continua saltando nas poças de água e cantando desafinada com demasiada frequência, como se aninhada dentro de ti estivesse uma menina pequena que se recusa a morrer.

A única coisa que me suscitou a alguma paixão foi Jesus, disse-lhe Theo. Quando tinha onze anos. Devia ser por causa dos quadris.

Foi expulsa do colégio de freiras, porque a Madre Superiora achou que ela tinha mais influência sobre as alunas do que as próprias irmãs. Ela tem muitas histórias como esta. Você não. As pessoas mais íntimas chamam-lhe Diz. Está sempre puxando cigarros de uma cigarreira de prata desconjuntada, o que lhe confere ainda mais charme, juntamente com aquele seu ar de quem está sempre no cio. A sua amiga é luxuriante, madura, um corpo opulento tamanho quarenta e dois. É uma daquelas mulheres que parecem gostar de tudo em abundância, comida, ar fresco, sexo, riso, amor. Ao lado da Theo, sente-se pálida, como uma folha deixada demasiado tempo dentro da água, descorada e sem vida.

Mas não a invejas, porque sabes muitas coisas sobre ela. É a sua amiga mais antiga, gosta dela desde os treze anos. Não entende por que te perturba tanto ouvi-la dizer que não tem paixão dentro de si; talvez pela sua vida, pelo contrário, na iminência de uma lua de mel, parecer banhada em amor. Quando sai do café, sorri perante a ideia, é mais forte do que você, sorri de orelha a orelha enquanto desce a rua a pé.

Lição 5

é absolutamente indispensável lavar as axilas e as virilhas todos os dias

Você e Theo riem por seu marido dormir sempre de camiseta e cueca, mesmo quando está calor. Por ele não apreciar a doçura do contato pele com pele, a suavidade do toque, o cheiro, o aconchego. O simples fato de olhar para o peito de um homem a deixa molhada. Nunca usarias essa expressão na presença dele: *me deixa molhada*. Na presença da Theo, sim. O Cole ficaria horrorizado se soubesse o quanto ela sabe.

Adora colocar a palma da mão no peito de Cole quando estão deitados na cama, o seu tronco acompanhando a curva crescente das costas dele, peças de um quebra-cabeça que se encaixam. Adora o cheiro dele quando não se lavou, especialmente a brandura das axilas. Se ele soubesse, diria que era *impróprio*. Às vezes, na cama, Cole não permite que a sua mão repouse no peito dele, afasta-a com um gesto brusco. Às vezes, deixa-a ficar. Às vezes, agarra na sua mão como se tivesse caído numa ratoeira e, quando você tenta retirá-la, ele aperta-a com força e torna-se um jogo se libertar das garras dele.

Mas você ri, na densa escuridão.

Lição 6

uma mulher tem de ser sempre atenciosa

Por que é que está calçando as meias, pergunta.

Porque vou voltar para o quarto, minha linda.

Mas acabamos de chegar aqui, burrinho. Os seus calções de banho ainda estão molhados.

Eu sei, mas tenho um encontro muito importante com a televisão. Você vem?

Não, vou ficar mais um pouco.

Sente-se culpada por dizer que não, porque Cole precisa muito de ti e anuncia bem alto a sua vontade, quase com petulância, como uma criança. Mas você sente a sua pele absorvendo esta intensa luz marroquina como o deserto absorve a chuva, sente-a despertar algo dentro de ti. Aqui, a luz fustiga-nos; na Inglaterra, lambe-nos. A pele e os olhos de Cole retraem-se face a ela; uma pele muito pálida, quase translúcida; ele passa muito tempo longe de ti, interiormente. Não só nas férias, mas em Londres também. Sequestra-se a si mesmo, já por hábito. No trabalho, até tarde, ou à frente da televisão, ou no banheiro. É capaz de ficar sentado no sanitário durante três quartos de hora ou mais, quando senta-se ao lado dele no sofá, ele passa para a poltrona sem sequer perceber o seu gesto, se põe a mão na virilha dele, na cama, ele afasta-a. Dorme quase sempre com as costas viradas para você.

No entanto, mesmo quando está longe, precisa tê-la perto: disse-lhe que é a vida dele. Adora essa necessidade feroz, ser assim tão desejada. Cole é o único homem por quem se sente atraída com o qual consegue falar sem temer o silêncio, como uma autoestrada vazia cortando exatamente o meio de uma conversa. Ou sem recear dizer qualquer coisa ridícula e reveladora, ou que o seu lábio trema, ou que você core. O seu corpo mantém-se obediente na presença de Cole, tem controle sobre si própria, pode descontrair-se. Foi uma das razões que te fez casar com ele. Porque está à vontade com ele, não precisava representar, pode ser, quase, você mesma. A mais ninguém é permitida tanta proximidade.

Lição 7

entregue-se à dança, de corpo e alma

O seu dedo grande do pé é beijado, indulgentemente, quando atira os braços para trás, como uma diva na espreguiçadeira, e anuncia que vai ficar mais um pouco à beira da piscina. Ainda não viram nada da cidade onde se encontram, embora já estejam nela há quatro dias. A Theo te repreenderia por isso, mas o casamento te deixou mole, esmoreceu a sua curiosidade. A multidão de pessoas com mantos e véus no aeroporto, as pilhas de bagagens e os gritos de crianças e as metralhadoras dos guardas foram demais para você e Cole, preferem ficar aconchegados no hotel durante uns tempos. Parece o do filme *O Iluminado*, com largos corredores *art déco*, um átrio inacreditavelmente grande e a mágoa de um qualquer esplendor há muito perdido. Uma fortaleza do colonialismo francês frequentado agora por europeus endinheirados, mas não em número suficiente para rechearem o seu espaço. Não há muçulmanos à vista. Talvez o considerem um tanto ridículo, ou inospitaleiro, ou estranho, mas não há ninguém a quem perguntar.

Antigamente, teria procurado as respostas, antigamente irradiava curiosidade. Agora o seu esmorecimento é tanto que nem se importa, porque está distraída, deliciosamente distraída. Senta-se na beira da piscina e brinca com as pontas dos dedos na frescura da água e lembra-se de uma coisa que leu no *Times* da véspera, que a vontade de pensar raramente atinge as pessoas satisfeitas. Sorri — e daí? — e faz sinal a um dos empregados da piscina para que te traga mais um *bellini*. São tão bons. Nunca antes te permitiu o luxo da preguiça, ou quatro *bellinis* seguidos.

Um burro puxa uma carroça carregada de gravetos pela encosta acima, num dos trilhos cercados de rosas dos jardins do hotel. Um homem estala vagarosamente um chicote sobre as costas do animal. Pelo menos é uma coisa desta terra. Precisa fotografá-la.

Lição 8

é um dever da mulher alegrar a casa de seu marido

A meia-noite chega com um calor intenso e o zumbido da quietude antes do ataque das rãs e dos pássaros e os teus olhos estão fechados, mas sente o olhar desejoso de Cole, sente a avidez dele e forma-se um nó na sua garganta. A relação de vocês funciona lindamente, sem esforço, em tantos sentidos, exceto no que toca ao sexo.

Mas não foi para isso que se casou com ele.

Uma língua toca-lhe o olho, viscosa e pesada. O seu marido separa o lençol teimosamente enrolado nas suas pernas e enfia, insistente, o joelho entre as suas coxas. Ele tem de fazer amor quando quer, o que não é frequente. Costumam fazê-lo de manhã para aproveitar o tesão dele ao acordar. É frequente o pênis de Cole não ficar suficientemente duro, como se estivesse pensando noutra coisa. Ele raramente tenta. Costumam ambos desistir antes disso acontecer e é sempre um alívio para você. Pergunta-se se Cole terá algum problema físico que o faça demorar tanto tempo para querer, ou se tem pouco apetite sexual, ou se está apenas cansado. Como você tem estado, frequentemente.

Enquanto Cole está em cima de ti nesta enorme cama de hotel, você olha para os números do rádio-relógio na mesinha de cabeceira, os minutos vão saltando, e pensa na Marilyn Monroe, que disse *Acho que não faço amor como deve ser* — havia lido essa frase um dia, num jornal, com espanto e alívio: então, há mais alguém assim, e que alguém. Não tem a certeza se Cole o faz como deve ser, não sabe o que significa *como deve ser*. A Theo há de saber, porque é terapeuta sexual com um discreto consultório em Knightsbridge e tem uma coluna numa revista aos domingos. Desconfia que ela os acha inocentes, ridículos e amorosos. Você e Cole nunca se meteram nessa história de fazer amor duas vezes seguidas, nem de quebrar candeeiros ou puxar os cabelos. Quando fazem amor, se o fazem, poderia descrever o comportamento um do outro como *certinho*.

Enquanto está deitada na cama, com Cole em cima de ti, os números do rádio-relógio demoram demasiado tempo para passar. Houve qualquer coisa que omitiu-se dentro de você, bem lá no fundo. Não fazem amor com frequência; já leu vários artigos nas revistas femininas sobre a frequência com que a maior parte dos casais o faz e parece sempre muito. Mas ninguém diz toda a verdade no que se refere ao sexo.

Passam trinta minutos da meia-noite. Cole emana prazer. Coisa rara. Espalha o esperma no seu peito e na sua face, marca-lhe a testa, como num ritual de iniciação. Está satisfeito. Você está satisfeita. Talvez tenha funcionado desta vez. Cole acende a luz da mesinha de cabeceira para ver se manchou os lençóis e alguma das peças de roupa; faz sempre isto, quer tudo limpo o mais depressa possível, detesta a desordem.

Puxa a cabeça dele em direção a ti. Ele fica surpreendido com a ousadia, quer afastar-se mas você segura-o com força, porque se lembra de ir a caminho do altar e olhar nos olhos dele e sentir o coração inchar de amor como uma velha esponja que caiu na água do banho. Quando o seu marido te envolve nos seus braços é um porto seguro, um porto de abrigo, para descansar dos embates do mundo. É o que sempre quis, precisa confessar: o refúgio, o clichê.

Lição 9

evitar o desperdício é um dever

Antes de encontrar Cole, não dormia com um homem há quatro anos. Custa muito, dizia à Theo, custa mesmo muito. Havia as intermináveis noites de aniversário e passagem de ano, sozinha na sua cama, só você e mais ninguém. Havia as lágrimas nos casamentos, o ardor nos olhos brilhantes, quando todos os casais se levantavam para dançar. Às vezes, parecia que o seu coração estava coberto de fendas como os velhos pires da sua avó. Às vezes, a mera imagem de um casal de sábado à tarde rindo num parque despedaçava-o por completo. Os casais jovens que estavam juntos há muitos anos eram intrigantes, odiosos, distantes. Qual era o segredo deles? Tinha chegado a um ponto em que nem sequer conseguia imaginar-se numa relação amorosa.

A Theo havia lhe avisado que qualquer pessoa que viva sozinha mais de três anos torna-se esquisita e egoísta e tem de ser arrastada de volta para o mundo. Disse que tinha de intervir. Respondeu a ela que não, era um caso perdido, a convenceu disso. Toda a sua vida viu as pessoas partindo: era filha de pais divorciados e nunca cresceu com a expectativa de que alguém tomaria conta de você e ficaria a seu lado.

Mas depois apareceu Cole McCain.

Um velho conhecido da universidade, um amigo, apenas isso. Em um verão, estava tomando conta de uma casa em Edimburgo, durante o festival, e ele perguntou se você lhe daria alojamento; havia uns espetáculos que ele queria ver. Lembra-se de o conduzir ao quarto que lhe coubera por sorte, o quarto de uma menina pequena, com uma cama estreita e uma manta de retalhos cor-de-rosa. Lembra-se do seu olhar hesitante.

Acho que é melhor dormir comigo na cama de casal, disse.

A ideia era dois amigos dividirem uma cama por uma questão de conveniência. Estavam ambos de pijama, teve esse cuidado. Mas os dedos dele na sua pele foram como um fio de água num dia escaldante de verão. Foi invadida por uma sensação estranha, virou-se para ele, beijaram-se. Cole despiu rapidamente o pijama e depois também você ficou nua e algo se apoderou de ti, deixava-se ir. No espaço de uma semana estavam ambos rolando nos lençóis e caindo da cama num casulo de risos. Dois anos depois, casaram-se.

Há anos que eu já sabia, sua tonta, disse Theo com uma alegre intuição retrospectiva, pareceu-me sempre tão óbvio.

Você nunca se deu conta de nada.

Demorou muito tempo para acordar e perceber. Costumava dormir com homens com os quais se sentia constrangida, numa tentativa de se acomodar a eles; casou com o único que te fez esquecer de si mesma.

Mas houve um instante de invisibilidade quando experimentou o vestido de noiva, como se desaparecesse dentro daquelas faixas de marfim e tule, como se te apagassem da face da Terra. Foi apenas um instante e valeu a pena, claro, para deixar de ter aquela picada nos olhos infligida pelos casais sorridentes de sábado à tarde, as fendas no coração.

Lição 10

as peças de vestuário em contato com a pele requerem lavagens frequentes

Homens com quem dormiu. As coisas que te ficaram na memória:

O homem que adorava mulheres.

O que nunca tirava as meias.

O que tinha umas mãos tão grandes que pareciam estar em três lugares ao mesmo tempo.

Aquele cujo toque vibrava, que parecia saber exatamente o que fazia e se destacou por causa disso. Parecia só ter prazer se você também tivesse, enquanto nenhum dos outros estava particularmente interessado. Perguntou-lhe quais eram as suas fantasias mas não teve coragem de dizer. Naquele tempo, nunca teria coragem de o fazer.

O que te enviou uma *Polaroid* do seu enorme caralho.* Mas o tamanho tem pouca importância para você, não

* Não te incomoda nada escrever a palavra "caralho"; dizê-la em voz alta, porém, é outra coisa bem diferente. É estranho dizer "vagina", mas não sabe que outro termo utilizar. Detesta "periquita", não conhece uma única mulher que a use, e quanto a "boceta", sempre achou que é usada por homens que não morrem de amores pelas mulheres. Quer palavras que as mulheres tenham colonizado para si próprias; talvez

entende por que é que falam tanto sobre isso. Prefere, de longe, um pênis que encaixe bem do que um exageradamente grande; não gosta de sentir que estão te partindo ao meio.

O que dizia *me possui* quando sentia prazer e gemia como se estivesse cagando.

O que te fazia cócegas na parte detrás dos joelhos e te lambia a cara, que te obrigava a engolir o esperma e o esfregava no cabelo; que se excitava com todas as coisas de que não gostava.

O que disse sim, quando lhe pediu para casar contigo, meio brincando, meio sério, num dia 29 de fevereiro. Tem vergonha de ter tido de pedir a mão ao Cole McCain. Preferia que ele não falasse no assunto, mas ele fala, em tom de brincadeira, muitas vezes.

---

existam, mas nunca as ouviu, ainda. Não pode dizer "lá embaixo" para o resto da vida.

Lição 11

a mulher pura e recatada deve comportar-se sempre com casta e delicada decência

Manhã cedo.

Um pássaro entra no quarto e acorda-lhe; fica em pânico por causa do bater de asas sobre a sua cabeça: corre para o banheiro e bate a porta, suplicando ao Cole que resolva o assunto rapidamente. O pássaro desaparece em três tempos. Não esbarrou de maneira brutal contra nenhum espelho nem janela. Seria demais para as suas forças — viu isso acontecer uma vez, quando pequena, os miúdos excrementos do susto, o sangue bastante vivo, o estrondo do estilhaço, o olho transviado.

Mas agora ouve apenas o silêncio pairando no quarto. Sai do banheiro e beija Cole na ponta do nariz. Ele coloca os braços à sua volta, com uma grande tranquilidade de posse, e ri: gosta de te ver vulnerável. E de te ensinar, mostrar-lhe coisas novas. Só depois de casada observou um pênis de perto, não sabia qual era o aspecto de um circuncidado. Pergunta-se, agora, como é que pôde ter os parceiros todos que teve e nunca ter olhado como deve ser. Queria sempre as luzes apagadas o mais depressa possível, porque nunca gostou suficientemente do seu corpo, e se enfiava debaixo dos lençóis achando que era falta de educação inspecionar a anatomia de um homem: preferia o contato olhos nos olhos e o tato. Cole obrigou-lhe a olhar, logo no início, ensinou-lhe a aproximar-se. Ele gosta de orientar a sua vida, guiá-la.

Você deixa ele acreditar que o faz.

Lição 12

a nossa suprema felicidade reside no altruísmo

Uma vez Cole adormeceu dentro de ti. Ele ri sempre que se recorda, acha erótico, sem importância e reconfortante. Na manhã seguinte, para suavizar a sua indignação, disse que adormecer dentro de uma mulher era um sinal de amor verdadeiro.

O quê? Abana a cabeça como se estivesse repelindo uma mosca.

Significa que o homem se sente verdadeiramente à vontade com a mulher, tão à vontade que pode adormecer durante o ato sexual. Eu nunca poderia fazer uma coisa dessas com outra pessoa. Considere como uma honra para você, minha linda.

Hum, responde.

Ama o Cole de uma maneira totalmente nova. Calmamente. Irradia luz como uma vela, em vez de cintilar. Ama-o mesmo quando ele adormece no meio do ato de fazer amor contigo. Nunca tinha amado calmamente, antes, na faixa dos vinte. Era a idade do amor ávido, arrebatamento e terror, e sempre que dizia *Eu te amo* sentia-se despida; não considerou, nunca, o conceito de amor como salvação. Por vezes, agora, pergunta-se o que aconteceu à intensidade da sua juventude, em que tudo parecia tão vívido e desesperado e brilhante. Por vezes imagina a mão de um envernizador polindo a quietude da sua vida atual e enchendo-a de brilho, cintilando, de certa forma, com luz.

Mas o Cole... Quando te envolve com os braços sente o amor dele fluindo sereno, forte e profundo, como um rio subterrâneo que te atravessa ao meio. Sossega a sua agitação da mesma maneira que a música clássica no rádio, ou uma ida à piscina depois do trabalho. O laço entre vocês parece tão definido: o casamento não é perfeito, de todo, mas vocês têm idade suficiente, agora, para saber que não podem exigir perfeição da dádiva do amor. É muito mais do que a maior parte das pessoas tem. Como a Theo.

A tua querida, irrequieta, exuberante amiga. Às vezes sente uma ponta de inveja da sensualidade que emana da casa dela, cheia de velas, madeira e pedra, das suas horas fluídas de trabalho, massagens semanais e malas *Kelly*. Mas lembra a si própria que ela não é feliz e provavelmente nunca será, e isso é reconfortante. Porque, por mais que a Theo conquiste e adquira e ofusque todas as pessoas, nunca parece satisfeita. Ela ensinou-lhe que as pessoas que brilham mais intensamente do que todas as outras parecem ser penalizadas com o descontentamento, como se punidas por desejarem uma vida mais radiante. Já me atropelaram tantas vezes, que nem consigo me lembrar das placas, disse ela uma vez.

Muita gente tem medo da Theo mas você nunca teve, talvez por isso sejam tão íntimas. Toda aquela lamúria da sua personalidade não passa de uma máscara e quando esta cai, muito raramente, é sempre um choque ver a vulnerabilidade que a criva.

Lição 13

não pode ser um prazer racional querer ir aonde não gostaria de levar o seu melhor e maior amigo

Dê-me a mão, diz Cole, conduzindo-lhe pelo caos crepuscular de Marraquexe. Nenhum dos dois conhece a etiqueta seguida pelos pedestres desta cidade; os carros vêm de todas as direções, as ruas obscuras fervem de gente como Nova Iorque em horário de pico, mas tudo é mais rápido, ousado, arriscado; empolgante, pensa. Lambretas e carros turísticos, burros e carroças param e arrancam, fazem desvios e atalhos no que parece uma ausência total de regras e o movimento empurra para a grande praça que se estende no coração da cidade, Djemaa el-Fna, e você levanta a cabeça para os edifícios baixos, cor de ocre, que te rodeiam e solta a mão de Cole rodopiando e devorando o que vê, sentindo que a vida toda se congrega neste espaço. Há encantadores de serpentes com os braços cobertos de sinuosos colares de cobras, pequenos contadores de histórias cercados de grupos de homens atentos, vendedores de água com cinturões de copos de latão como munições, mulheres de véu a te oferecerem a bandeira, joias, mãos pintadas com hena. É um cenário cinematográfico de tudo o que há de mais glorioso, bizarro, profundamente kitsch.

A Diz ia adorar isto, pensa, rindo.

Graças a Deus que não a trouxe.

Quase a convidou num impulso, quando ela disse que andava muito pra baixo. Queria que ela viesse passar uns dias com a gente, como forma de retiro: o aniversário dela é daqui a três dias, 1º de junho. Mas sabia que, antes de tudo, teria de falar com Cole e ele diria que não, claro.

Ela é esquisita, diz ele referindo-se a ela.

Diz isso de todos os meus amigos.

Ela é mais esquisita do que todos os outros.

Não há contra-argumentação possível. A Theo mete-se num trem só para ir a Paris cortar o cabelo. Tem uma gardênia tatuada abaixo da linha do púbis. Não sabe cozinhar um ovo. Nunca vê televisão. Pede a uma florista que lhe entregue as suas flores preferidas ao domicílio, todas as segundas e sextas-feiras: rosas-icebergue, lírios, buquês lindíssimos de gardênias. É casada com um homem chamado Tomas, vinte e quatro anos mais velho do que ela, com quem raramente faz amor. Ela tem um problema físico.

Qual?, perguntou, a primeira vez que ela lhe falou no assunto.

Vaginismo. Tem um nome horrível, não tem? Parece uma daquelas coisas más que se apanharia em Amsterdã. Significa que sempre que alguém tenta me penetrar, os músculos da minha vagina começam a se contrair e a ter espasmos. É extremamente doloroso.

Theo, minha querida Theo, coitadinha. Aconchegou-a num abraço, a tua cara franzida, começou a chorar.

Não fiques assim, ela riu, não faz mal. Até tem sido divertido.

E inclinou-se para trás e exibiu o seu sorriso característico, um canto da boca revirado, o outro inclinado. Puxou a pequenina cigarreira de prata. Acendeu um cigarro. Disse que tinha decidido investigar a fundo a questão, o prazer feminino, e foi tão deliciosamente absorvida que acabou por se transformar num emprego. Disse que a maior parte das mulheres nunca teve um orgasmo só com a penetração vaginal: o gozo estava todo concentrado no clitóris. Na altura, coraste ao ouvir aquela palavra tão direta, havia coisas que eram mais fortes do que você.

Nem imagina a quantidade de clientes que não têm absolutamente qualquer prazer com a penetração normal, disse ela, pontuando as palavras com pancadinhas abruptas que faziam saltar os talheres. Nós pura e simplesmente não sabemos dar prazer a nós mesmas. Nunca havemos de aprender. Ainda estamos muito preocupadas com o prazer do homem, em detrimento do nosso.

Estava ficando constrangida com a conversa, era ainda inexperiente. Quis saber mais detalhes sobre o problema físico dela, pois foi um estranho alívio descobrir que a sua amiga incrivelmente sensual também tinha obstáculos em relação ao sexo: portanto, a Theo também era humana.

Fez algum tratamento para o vagi, vagis...

Sim, fiz. Com a ajuda de uma coisa horrorosa chamada dilatador.

E funcionou?

Bom, funcionou, mas quando finalmente tive o sexo por que tanto esperava, foi uma desilusão. É tão monótono comparado com todo o resto. Por que é que ninguém me avisou?

O riso magnífico da Theo despregou-se das suas entranhas, mas não havia alegria nos seus olhos. O casamento com o Tomas era tão esquisito, que não conseguia compreender. Ele tinha relações com outros homens e mulheres e ela também, assim era a vida deles. E, no entanto, continuavam juntos. *Na minha vida, não sinto paixão por nada.* Nem pelo marido, em relação a quem ela diz ser suficientemente esperta para amar. Nem por Londres, a cidade de indomável energia para a qual vocês duas rumaram quando adolescentes, fugidas do colégio interno, há quase vinte anos. Nem pelo emprego, já que diz que o faz há tanto tempo que agora as histórias são sempre as mesmas, não existem muitos enredos novos nas vidas das pessoas e, ultimamente, sente-se desinteressada.

Desconfia que atrai pessoas de extremos, como ela, por ser tão estável, como o Cole também é. Uma vez, ela descreveu-lhes os dois como estranhamente satisfeitos e, para alguns, isso significa imperdoavelmente cinzentos mas, para outros, vocês são uma âncora, sempre disponíveis quando é preciso, mesmo em noites de domingo, e aniversários, e no dia de Natal.

Você e a Theo partilham as vossas vidas desde os onze anos; trocavam revistas de cavalos árabes por causa das fotografias, acampavam uma noite inteira para arranjar bilhetes para os Duran Duran, devoravam livros uns atrás dos outros, desde *Uma Casa na Pradaria* a *Pássaros Feridos* e *História de O.* Fumaram o primeiro cigarro juntas e foi com ela que tomou o último banho de chuveiro a duas. Cada uma se postou à esquerda da outra diante do altar, sabendo que seriam madrinhas dos respectivos filhos.

Conheceram-se ao partilharem a mesma turma de um colégio interno de categoria inferior, em Hampshire, um lugar onde a mediocridade era incentivada. O objetivo não era estimular a sua inteligência, porque a inteligência não faria de ti uma boa esposa. Caso se distinguisse em alguma disciplina isso seria considerado uma espécie de perversão, mas a Theo era atordoantemente imune a isso. Poucas pessoas gostaram dela à primeira vista. Entrou para a turma no meio do ano letivo. Desenvolvera-se precocemente e tinha pais estrangeiros, neozelandeses, novos ricos, e nem sequer suficientemente ricos. Mas através da força da sua personalidade, ela inverteu as regras do jogo e foi eleita chefe de turma, tal como você.

Não se entusiasme, avisou ela, quase *todo mundo* chega a chefe de turma. Eles apenas o fazem porque sabem que não nos deram uma educação decente, é só uma coisa para pormos no currículo.

Ela foi expulsa por ter escrito ao Papa uma carta em que explicava por que é que o método contraceptivo do calendário não funcionava para muitas moças. (Aprendera esta lição com a irmã mais velha, que fizera um aborto clandestino.) O erro dela foi ter assinado a carta em nome de uma colega loura, que queria ser modelo quando crescesse e a quem o pai havia prometido um automóvel se ela parasse de roer as unhas. E que tinha muito jeito para desprezar às duas. O escândalo fez da Theo uma heroína no exílio, mas ela manteve-se sempre fiel a você, a dama de companhia que primeiro se apaixonara por ela.

Aqui, em Marraquexe, o seu único desejo era que a sua amiga fosse tão feliz como você, porque quer que os outros estejam alegres, quer dar-lhes alegria, tem um prazer tão grande nisso. Adoraria que a Theo estivesse aqui, para a animar; para te fazer companhia nas visitas turísticas, enquanto o Cole se isola. Está sempre praticando pequenos atos de bondade; a sua avó te ensinou a nunca reprimir o sentimento de compaixão e você tenta não o fazer. Tira uma fotografia do homem das cobras, na praça, e ele corre em sua direção pedindo moedas e acenando com as cobras e você foge dele com um gritinho, puxando o Cole a reboque. Tem que contar à Theo.

Lição 14

sejam meninas decentes, todas vocês

Aventuram-se a jantar na praça, em bancos de madeira tosca numa tenda fumacenta. Você e Cole provam o cuscuz, mas ignoram os espetinhos de carne duvidosos e a salada pegajosa, e deixam que tirem uma fotografia de vocês como prova de coragem. O Cole está rabugento e irritadiço e quer voltar para o hotel sempre tranquilo, mas você sente que está no centro de um amplo ponto de encontro de várias tribos africanas do Sul e de árabes do Norte e de aldeões berberes das montanhas e empina a cabeça e bebe os cheiros, o calor e o fumo. Todas estas pessoas assombrosas! Olha para o seu marido e faz uma carícia no seu braço, no pulso magro e sensual, e estremece de desejo: deseja-o, deseja-o muito, daquela maneira, naquele lugar amontoado de gente. Não fez nada, aproximou apenas os lábios do vão de pele por detrás da orelha dele e inspirou. Geralmente é o suficiente, um pequeno gesto como esse, basta tocar-lhe, cheirá-lo, para se lembrar do que tem.

Mas aqui, agora, algo dormente dentro de ti desperta e espreguiça-se, arqueando as costas. Pensa no quarto do hotel e na vastidão da cama. Por uma fração de segundo, se imagina nua com as pernas abertas e vários homens anônimos, te analisando, as mãos deles te percorrendo. Imagina-se sendo filmada, comprada.

Sorri para o Cole.

O que está pensando, pergunta ele.

Nada, murmura.

Lição 15

são poucas as mulheres casadas que não anseiam por um filho

Enquanto descansam nas espreguiçadeiras, uma mulher gravidíssima dirige-se para a piscina como um grande navio de vento em popa, robusta, orgulhosa e plena. Em breve vocês vão começar a tentar engravidar, assim que fizerem um ano de casados.

Primeiro, vamos gozar a companhia um do outro durante uns tempinhos, disse Cole.

Mas, graças a Deus, a gravidez faz parte dos planos. Marido, casa, filho: tanta felicidade para uma só pessoa chega a ser obsceno, não é? Há tanta audácia na alegria que sente agora. Como é que as pessoas te suportam? Olha de relance para Cole: pareceu tão novinho durante tanto tempo, como se ainda não tivesse crescido por completo, mas agora, aos trinta e tantos anos, na idade em que muitos dos colegas estão ficando carecas e engordando, tudo começa a se encaixar. Era como se ele tivesse encalhado na adolescência, mas agora está mais corpulento e atraente, enfim. Tem potencial para envelhecer magnificamente e o que vê agora é apenas o início.

Não deveria já estar a esmorecer, essa plenitude do seu coração prestes a explodir? Quando é que normalmente começa a murchar? Atira a *Vogue* para o chão e coloca o seu corpo sobre o dele, barriga com barriga, e inspira a pele dele como uma mãe inspira a de um filho. Tornará esse odor, um dia, azedo para você? Como é que isso pode ser possível? Ele a afasta, se fingindo de rabugento, e te dá uma palmada na nádega. Você dá um grito e se acomoda novamente na sua espreguiçadeira. Passa um empregado jovem. Entreabre os olhos como um gato e estica os braços acima da cabeça dizendo ao Cole que se ele não te tratar como deve ser, o seu próximo marido será o empregado da piscina.

E mais, quando ele quiser se livrar de você, basta lhe dizer quero divórcio, três vezes. Quem me dera que fosse assim tão simples para mim.

Ri; transborda de alegria, sai por todos os seus poros. A grávida abandona a piscina. Todo mundo já começou a perguntar a você e ao Cole para quando é o filho e o seu marido responde sempre que terá um filho quando se considerar uma pessoa adulta, e só Deus sabe quando esse dia chegará. Você responde, em breve.

Todas as mulheres acabam sempre desejando um filho, tem a certeza disso, essa feroz necessidade está no sangue, não acredita em nenhuma mulher que te diga o contrário. A vontade começou a te assediar quando passou dos trinta, é um instinto animal urgente. Vai começar a sentir um aperto no coração sempre que ver as feições de uma amiga no rosto do seu filho. É algo que está correndo o risco de monopolizar a sua vida: a necessidade.

Lição 16

toda a natureza é bela e digna do nosso reverente estudo

Numa excursão às montanhas Atlas deita a cabeça fora da janela do carro, virada para o céu, para a fragrância dos eucaliptos na brisa seca. Cole lê o *Herald Tribune*, cochila e acorda com um tremor súbito.

Ele trabalha arduamente como restaurador de quadros, especialmente quadros dos séculos XVII ao XIX. Atualmente viaja pelo mundo, redigindo relatórios sobre o estado de quadros que vão ser vendidos e trabalha diretamente no local, porque desde o 11 de setembro os prêmios dos seguros subiram excessivamente e muitas vezes sai mais barato pagar o deslocamento do restaurador. As horas de trabalho do Cole são longas, mas as recompensas, excelentes: você já não precisa mais trabalhar. O marasmo é uma coisa que sempre quis experimentar e este é o seu segundo mês de lazer. Cole te incentivou a largar o emprego de professora de Jornalismo na *City University*; alinhando o seu nervosismo ao seu entusiasmo. A universidade estava oferecendo indenizações a quem se demitisse e a quantia pagou-lhes a hipoteca da casa. Nenhum dos seus colegas queria a sua demissão; era uma presença estabilizadora numa faculdade temperamental, mantinha a cabeça baixa, trabalhava com afinco. Mas estava exausta dos vários anos de ensino, da rigorosa rotina de trabalhar, comer, dormir e apenas pouco mais que isso, tornando-se uma espécie de rede que te arrastava para o fundo. A Theo disse que tinha sido uma professora tão nobre e dedicada, que inevitavelmente ia sofrer as consequências de tanto zelo. Não lhe disse que lhe achava covarde por, no fundo, nunca ter saído da universidade e entrado no mundo real; limitou-se a dizer em tom de brincadeira que ela também era professora e tão nobre como você.

Claro que não, eu faço o meu trabalho exclusivamente por mim e por mais ninguém. A satisfação que obtenho é puramente egoísta.

E que satisfação é essa, minha querida?

O gozo secreto, disse ela com um sorriso, de ouvir os meus clientes me contarem os seus pensamentos mais profundos e sombrios.

O seu emprego havia deixado de ser gratificante e deliciava-se com a estranha satisfação de estar desempenhando tão bem este novo papel de mulher casada. Não estava à espera que os seus dias fossem devorados por tantos prazeres mas, estranhamente, está gostando, por enquanto, de cozinhar complexas refeições de domingo em noites de semana, e ainda de pintar a cozinha e cuidar da roupa. Os dias correm rápido apesar de saber que o tédio e a perda de autoestima poderão um dia te passar o pé. Mas por enquanto não, ainda não.

Tem pouco dinheiro guardado, mas Cole te paga uma mesada de oitocentas libras, o que implicou uma mudança sutil: agora ele tem permissão para contar com meias remendadas e sobremesas caseiras, para comentar com certa frequência a sua barriga e ocasionais defeitos. Mas essas pequenas crueldades são um preço insignificante a pagar pelo luxo de poder descansar. Ele está te dando algo que nunca teve antes: a oportunidade de parar para pensar no que quer fazer pelo resto da sua vida. Foi tão tensa e controlada durante tanto tempo, sempre pontual e sempre certinha. Durante o primeiro mês de desemprego entregou-se ao sono e desconfia que foi o resultado de anos de cansaço, de tanto tentar agradar, de nunca conseguir dizer não. Seja como for, Cole faz os seus comentários num tom infantil e tolo e você nunca os leva ao pé da letra.

Nesta excursão às montanhas Atlas ele veio sob protesto, quer voltar atrás. Detesta qualquer tipo de atividade física, especialmente ao ar livre, fica como um velho ranzinza, apesar de ser tão novo, mas você o acha adorável, ele te faz rir tanto. E essa dureza tem um oposto intrigante: o menino que vê *Star Trek* e compra cereais para crianças. Adora a pequena camiseta que usa por baixo da roupa italiana; é a única pessoa, você desconfia, que conhece essa faceta dele.

Na estreita estrada de terra batida, o carro desliza levemente e você quer saltar lá fora e tirar os sapatos para sentir o ocre fininho como pó de talco nos seus pés. Conhece bem fundo dentro de ti este tipo de terra, pois já visitou lugares não muito diferentes, com a sua mãe, quando era pequena. O Saara fica do lado de lá das montanhas, o deserto de areia fumegante e céus altíssimos.

É um deserto da cor do trigo, diz Muli, o motorista e guia.

Que bonito, e bate as palmas das suas mãos cobertas de hena. Olhar para elas te hipnotiza. Precisa nos levar lá, Muli, você diz.

Cole te lança um olhar.

Da próxima vez.

Sorri e lambe o seu marido embaixo da orelha, como um cachorrinho, ele é tão engraçado, é tudo um jogo, e você está cheia de amor por ele, como um copo com água até a boca.

Lição 17

o dever de todas as meninas é serem limpas e arrumadas

A maior parte das vezes, o Cole não gosta de dedos tocando a sua pele nua, se retrai diante qualquer contato inesperado. As pontas dos seus dedos estão sempre frias: no inverno, quando quer lhe tocar, aquece os dedos primeiro num recipiente de água quente, a pedido dele.

A vida do Cole é muito arrumada. Ele passa novamente as camisas a ferro depois de a empregada doméstica já o ter feito, dá brilho aos sapatos todos os domingos à noite, sai de casa para o trabalho pontualmente às oito e quinze, corre para o banheiro logo após o sexo para limpar os vestígios.

Desconfia que há certas coisas de que o Cole gosta mais do que fazer amor. Como quando lhe coça a cabeça com tanta força que fica com flocos de pele debaixo das unhas, o que detesta. E lhe faz carícias nas costas com um pente como um ancinho na terra. E pousar a cabeça no meio das suas costas, quando está deitada de barriga para baixo num parque calmo.

E sexo oral. Isto, e só isto, é garantia certa de que ele vai gozar. Às vezes, lhe faz um sexo oral só para despachar rapidamente a coisa. O Cole empurra a sua cabeça para ele até o fundo e depois mais um pouco, e quando para um pouco a fim de respirar, ele mede com o polegar e o indicador a distância a que chegou e obedientemente você o admira, a boa esposa, e volta a o engolir. Muitas vezes engasga e tem que quebrar o ritmo para tomar fôlego, fica sempre com dores no maxilar e o ato arrasta-se durante muito tempo. Odeia o sabor do esperma, contrai-se como se tocasse com a língua em metal frio, no inverno.

Vai para casa e lhe faz um sexo oral, disse Theo uma vez, depois de uma ida ao cinema. Coitado, já faz tanto tempo.

Meu Deus, isso não, por favor.

Se lhes fizer sexo oral, eles te amam para o resto da vida.

Mas é entediante.

Para mim é um desafio.

Seguiu o conselho da Theo: o Cole lhe disse, no fim, que ficava ansiosamente à espera que voltasse a ir ao cinema com a sua amiga.

Sossega o facho, disse rindo, virou-se para o lado e adormeceu.

Nem sempre foi assim. Nos primeiros tempos, faziam amor quase todas as noites. Cole cantava e dançava pelo quarto, de roupa íntima, enlouquecia antes de se meter na cama. Te fazia rir tanto que sua barriga doía. Vocês estavam sempre completamente nus, tiravam inclusive os relógios, era uma questão de delicadeza. Tinham relações sexuais, num gesto audacioso para ambos, nos vagões-cama do trem entre Londres e a Cornualha, morrendo de rir como dois adolescentes, tentando não fazer barulho por causa das crianças que iam na cabine do lado. Ou na sua cama de solteira que a sua mãe preservou, com a mão do Cole tapando sua boca para te silenciar. Chorava lágrimas de felicidade e ele as beijava, as palmas das suas mãos te abafando o rosto e ainda hoje tem, guardada num bolso da memória, a meiguice do toque dele.

Mas esses momentos, agora, parecem cenas saídas de um filme; não são propriamente reais. A mulher que nelas entrou está ausente, é outra pessoa. Isto é real, agora: retraída, prefere fazer outras coisas. É tedioso despir as roupas todas e arranjar tempo para fazer amor e ter o cuidado de estar cheirosa, doce e limpa. Nunca parece ser a melhor hora, para os dois ao mesmo tempo, há sempre qualquer coisa que não está bem. Ou você não está com vontade ou Cole não está com vontade e agora é fácil inventar uma desculpa. Parece que ambos preferiam estar lendo o jornal, ou assistindo televisão, ou dormindo. Isso, acima de tudo.

O Cole não se queixa muito além daí. O casamento prende-se com outras coisas. Ele é delicado, está sempre fazendo coisas espantosamente delicadas, é como se estivesse te conquistando através da bondade. Faz assinaturas das suas revistas preferidas, completamente fúteis, te prepara inesperadas xícaras de chá, te leva montada em seus ombros para a cama quando está cansada, te dá um livro novo que enfia em alguma parte da prateleira e você tem que o encontrar. Todos esses pequeninos gestos te obrigam a ser delicada também, a bondade pede bondade, o casamento é quase um concurso para ver quem é mais delicado. Portanto, lhe coça a cabeça com tanta força que fica com flocos de pele debaixo das unhas, obedece na cama e lhe faz sexo oral. Essas pequenas delicadezas permitem ao Cole isolar-se, afastar-se de ti, do mundo, imerso no seu círculo de luz à frente da televisão ou no banheiro ou no ateliê até tarde. Não se importa de ficar sozinha, também precisa desses momentos, para respirar, para espairecer.

É uma estranha estupidez, o casamento de vocês, é irracional, mas funciona. É tradicional, e a sua mãe é tão crítica em relação a isso. Divorciou-se muito jovem e te criou sozinha até ir para o colégio interno. Inspirou em você a noção de que nunca deve depender de um homem; precisa ter independência financeira, não pode sucumbir. Mas, para ser sincera, é um alívio, este rendimento da desconfiança feminista. É uma travessura, deliciosa e indulgente, como usar peles.

Lição 18

um sono reparador é fundamental para a saúde

Uma da manhã. Está lendo o primeiro Harry Potter. É do Cole, o encontrou entre os livros que ele trouxe de férias, pesados fascículos sobre história e arte. Está na poltrona junto das portas que dão para a varanda, com uma perna sacudindo no braço da cadeira.

Gotículas de suor deslizam pelo seu tronco. Adoraria sentir uma trovoada atacando contra o calor, ouvi-la trovejar nas vigas do sobrado e cheirá-la nos relâmpagos. Olha para Cole, dormindo em cima do lençol com os sapatos ainda calçados. Tira-os, como uma mãe descalça um filho pequeno, e vira-o para lhe despir a camisa; ele se mexe, procura por você, lhe apalpa a saia. Shhh, lhe diz, e leva os lábios à covinha da nuca dele. Não quer que ele desperte, não quer começar nada. Porque está menstruada e o sangue flui de dentro de você, quente, e sabe que ele ficaria chocado. Não gosta de sangue.

Cole costuma dormir profundamente, o sono de um homem satisfeito. Não ronca, nunca teria casado com ele se roncasse. Como poderia ter uma noite bem dormida ao lado de um homem que roncasse? Cole riu quando lhe disse isso em sua primeira noite de casados; foi só por isso que me casei com você, contou. Cole respondeu que, *se* algum dia roncasse, roubaria um sutiã seu, enfiaria bolas de tênis nos bojos e vestiria-o de trás para a frente, para evitar dormir de barriga para cima, era a esse o ponto que ele te amava.

Uma coisa que nunca conseguiu dizer ao seu marido é que ele demora muito tempo para gozar. E que o pênis dele parece torto, muitas vezes ficando mole dentro de você, como se estivesse pensando noutra coisa qualquer. E ainda que se lhe fez tanto sexo oral, no início da relação, foi para lhe agradar. E para o convencer de que era outra pessoa.

Lição 19

os bons hábitos aprendem-se quando se é jovem

Senta-se junto da mesa do porteiro, no vasto saguão praticamente vazio, enquanto Cole troca dinheiro. Passa um homem, traz o sol no rosto, não passa de um rapaz, possivelmente tem dez anos a menos que você e sorri em cheio nos seus olhos e fazendo com que sinta algo que não sentia há anos: tem a ver com festas universitárias, banheiras cheias de álcool, cheiro de hambúrgeres nos dedos e cerveja num beijo. Devia ter ficado repugnada com tudo isso, mas não. Ficava molhada em três tempos; tirar-lhes a roupa, sentir o peso deles em cima de você, ser encostada contra uma parede com a perna dobrada.

Vai cantando para dentro, enquanto passeia com Cole até o quarto de vocês, decorado com rosas viçosas. A cada dois dias, esperam novas rosas, nunca as deixam murchar com o calor. Lá dentro, beija o seu marido em cheio na boca, surpreendendo a si mesma e a ele com a sua ferocidade. Saboreia-o, bebe-o e é tão raro esse momento. Ele retribui o seu beijo à sua maneira, como se dentro da sua boca estivesse o nutriente mais delicado e caro de sempre. Não gosta particularmente que ele te beije nos lábios; muitas vezes limpa às escondidas os vestígios deixados pela boca dele.

A última vez que você e Cole fizeram amor, antes destas férias, foi na noite de núpcias. O *Bugatti* antigo, que pediram emprestado, não pegava e vocês precisavam ir buscar os parentes afastados do Cole, além da Theo estar bêbada. Você e Cole acabaram zonzos e suados no quarto de hotel, famintos, com apenas um chocolate *Mars* do minibar para dividirem entre os dois. Ainda assim, houve uma nova doçura no ato de fazer amor, apesar do cansaço e do mau jeito, e não foram longe: quase como uma coisa de que nos lembramos de repente ao fim de um longo dia. Não teve importância o fato de o sexo nessa noite não ter sido o melhor de toda a sua vida, porque já estavam juntos há tanto tempo antes disso.

A lua de mel fora adiada porque Cole não parava de aceitar trabalhos que o retinham. Finalmente arranjou uma folga, uma hipótese de fuga quatro meses depois de terem se unido. Não se queixava, compreende o apego dele ao trabalho, é tão sólido, tão confiável: ele nunca lhe faltará.

Nunca lhe deu um orgasmo. Pensa que sim. É boa atriz — desconfia que muitas mulheres também são. Sabe o que esperam que faça, os sons que deve emitir e como arquear as costas e franzir a cara: uma imagem que se encontra em milhares de filmes, basta imitá-la, está em toda a parte, menos na sua própria vida. Nunca teve um orgasmo sozinha nem com nenhum dos homens com quem foi para a cama. Mentiu para todos, sem exceção, que sim, chegou lá. Está curiosa, mas não o suficiente. É como um idioma que não domina; sabe que devia experimentar falá-lo, mas vive perfeitamente bem sem ele, não vai dificultar a sua vida. Está na casa dos trinta e nunca sequer se observou entre as pernas, nunca viu a si própria. Cole podia lhe descrever se tivesse assim tanta curiosidade, mas acha que as intimidades do seu próprio corpo cabem a outra pessoa, não a você.

Lição 20

ser frágil é considerado por algumas pessoas ignorantes como uma invejável qualidade superior

Gim-tônica à beira da piscina.

Cole lê em voz alta um trecho de uma das seções do *Herald Tribune.* Em 1925, uma mulher de Nova Jersey, mãe de oito filhos, inspirou-se no *Ali Babá e os Quarenta Ladrões* e pegou um caldeirão de azeite fervendo e despejou-o em cima do marido que dormia.

Azeite, querida, já pensou, *azeite*.

Mas não presta atenção, porque está pensando no homem do saguão e na sua primeira foda, com a série de televisão *The Young Ones* cintilando sem som em um canto, e que foi tensa, seca e desconfortável. Está pensando no detestável ar triunfante do rapaz, seguindo, com os amigos, e o televisor no volume máximo. Está pensando na Theo — mas tudo lhe parece tão... sórdido —, na maneira como ela tragava o cigarro com uma ferocidade rara. Que estranho não conseguir se lembrar de como é que ela perdeu a virgindade. É uma conversa, aliás, que não se lembra de ter tido com nenhuma das suas amigas. Teriam sido as delas tão decepcionantes como a sua, será por isso que nunca as discutiram? Desejarão todas as mulheres seguir em frente e esquecer? Lembra-se de que, naquela época, a Theo colocava batom vermelho nos cabelos para realçar a cor porque havia lido numa revista, mas por mais que tentasse não conseguia se lembrar do nome do rapaz.

Pensa no Sean, o estudante com quem você e a Theo dividiram casa. Ele ainda estava desesperadamente, doentiamente apaixonado por uma mulher mais velha que lhe destroçara o coração, e nunca fez um esforço para se integrar na vida da casa; passava os dias lamentando-se, sozinho. Um dia desapareceu. A polícia bateu à porta uma semana depois e informou-lhe que ele havia tomado um trem para a Escócia e ido de carona até uma praia distante, onde a amante tinha uma casa de férias; lá, nadou para o alto mar e não voltou para terra. Essa história o perseguiu durante anos, o amor louco, maluco, que o Sean sentia e o mundo exterior se infiltrando, a água inchando sua pele, batendo nos ossos. De certa forma, foi um ato de coragem, foi isso que pensou durante muito tempo. Agora, preferia que ele tivesse simplesmente crescido e encontrado outras mulheres, que tivesse vivido a sua vida até um ponto em que fosse capaz de olhar para trás e rir.

Lição 21

o exercício físico é tão indispensável para as meninas como para os leões e os tigres

Muli os leva ao jardim público do Yves St. Laurent, protegido e fresco à sombra de muros altos. O ruído de Marraquexe dissolve-se assim que entra. Este é o tipo de lugar de que Theo gosta. É delicado e sedutor, com cactos e palmeiras, salpicado de tinta azul e rosa-buganvília descendo em cascata pelas paredes. Tira uma fotografia para ela. Vai colocá-la num envelope, com algumas pétalas das rosas do quarto.

Foge do calor opressor na frescura sinuosa dos becos do mercado. Adoras os *souks*, a loja de instrumentos que podia ter existido há centenas de anos, ao lado de uma outra que vende iguanas vivas, ao lado de outra ainda entulhada de camisetas do Sylvester Stallone. Adora os burros nos becos, os gatos magrelos, os cartazes vermelhos de coca-cola em árabe, a luz agressiva, o pó que cobre a sua pele, grudado nos seus cabelos, as montanhas contornando a cidade, a escuridão falante, os grilos, os cães e as rãs. Ouve-se o chamado dos crentes à oração e Muli pede licença e se ausenta por dez minutos. Adora a predominância da religião nesta terra, a maneira como o cântico o desperta nas trevas e traça o seu dia. Cole admira as cores da cidade, o azul límpido do céu e os ocres e rosas intensos, mas não suporta o pó, os apertões e o calor, manifesta bem alto o seu descontentamento, não está gostando de ser arrastado de um lado para o outro.

A sua confiança enquanto esposa começa a se esgotar discretamente. Jamais o diria. E às vezes sente que todos os homens ao longo da sua vida, os amantes, os colegas, os patrões, com os seus clamores e exigências, têm sido apagados.

Cole tem mais um encontro com a televisão. Agora vê desenhos animados do *Pokémon* em francês, uma língua que não entende, porque os canais ingleses só passam notícias e as histórias não mudam com a frequência necessária. Também há os noticiários locais com blocos que duram vinte minutos e parecem consistir unicamente de longos planos do rei para as solenidades ou de homens engravatados sentados em cadeiras baixas. O apresentador é jovem, com uns olhos lindíssimos, como se delineados a *kohl*. Pergunta-se como seria ele no papel de amante, se seria *diferente*. Ouviu dizer que as mulheres muçulmanas se raspam de cima a baixo e, na mesma hora, sente um suave estremecer entre as pernas só de pensar nisso, e em andar de manto, a sua nudez sendo exclusiva do seu marido. Muli contou-lhes que nunca ninguém viu a rainha, ela jamais aparece em público, está escondida.

Aideia me agrada, riu Cole.

E levou uma palmada divertida.

Mais tarde, enquanto bebem Gim-tônica no piano-bar, Cole encosta o seu rosto ao dele e sussurra que quer lhe trancar à chave e nunca lhe deixar sair e quer outra mulher além de você, com a qual terá de se deitar enquanto ele as observa, e as suas mãos se fecham sobre o rosto dele: É tão previsível, Cole McCain, solta uma gargalhada, lhe dá um beijinho em cada bochecha e algo estremece dentro de você, recordando Edimburgo e as quedas da cama e de fazer amor com uma das mãos espalmada sobre a sua boca.

Lição 22

emitir um som é, em si, saudável, desde que não incomode ninguém

Às vezes se pergunta se o seu marido realmente gosta de mulheres. Fala com desdém das suas amigas e colegas, não quer uma mulher mandona ou que chame a atenção, irrita-se se fala com as suas amigas ao telefone com exagerado entusiasmo e condena qualquer gritinho mais estridente. Não gosta de qualquer tipo de excessos numa mulher. Faz um escândalo se não se seca meticulosamente depois do banho, diz que a umidade é tanta que deve estar cultivando uma selva entre as pernas. Os órgãos genitais dele têm um cheiro inofensivo, mais discreto do que o seu.

Os pais de Cole são muito equilibrados, muito sólidos, defensivamente classe média. Acham que não vai saber cuidar devidamente do seu filho. A mãe dele transmite todo o seu vigor através da culinária e está horrorizada por só recentemente ter aprendido a fazer um assado. Ela envia correspondência, de maneira persistente, endereçada ao Sr. e à Sra. C. McCain, apesar de já lhe ter dito várias vezes que não adotou o nome do seu marido.

Cole considera a sua família excêntrica. Praticavam essa particularidade de uma maneira deliciosa e exótica, até ele a conhecer. O seu trisavô fez fortuna importando chá da Índia e o primo do seu pai desperdiçou o restante do dinheiro de família em álcool e drogas. O seu pai pertencia ao lado pobre da família e devia ter arranjado emprego, mas nunca chegou a fazê-lo. Era um jovem encantador e malandro, com uma farta cabeleira loura e maçãs do rosto salientes, até que a bebida lhe sugou a beleza. Você o adorava, porque o via pouco. Sobrevivia vendendo ações do negócio de família até que morreu, quando tinha você dezenove anos, de alcoolismo, pobreza e uma vida sem rumo.

Ficou destroçada. Vê-lo durante a sua adolescência consistia, quase exclusivamente, de uma série de viagens entre a casa e o colégio. Ele ia te buscar no seu velho Mercedes preto que parecia uma relíquia saída de um regime ditatorial qualquer, e dirigia durante quilômetros, escolhendo sempre as estradas secundárias mais estreitas e sinuosas para levá-la a Londres. Praticamente só conversavam dentro do carro, porque a namorada dele, Karen, dificultava qualquer conversa quando estavam no apartamento deles; interrompia constantemente para se queixar sabe Deus do quê. O afeto do seu pai estava reservado para a estrada ou para os poucos momentos em que a Karen se ausentava, momentos em que ele se debruçava e sussurrava *Te adoro,* como se fosse um segredo só de vocês. A voz dele, agora, é o que melhor se recorda.

O casamento dos seus pais durou quatro meses. A sua mãe abandonou a instabilidade dessa relação duas semanas depois de ter sido concebida, abandonando-a para ir à caça de fósseis. Estudava Paleontologia na universidade, mas interrompeu a carreira para se dedicar ao casamento. O seu pai se recusava a viver noutro lugar que não Londres, apesar de a sua mãe ser uma asmática que sonhava com uma luz que lhe cantasse nos pulmões. O trabalho preenchia esse requisito e, portanto, quando pequena viveu numa série de lugares regidos pelo céu até que o tribunal interveio, a pedido do seu pai (a única coisa que ele conseguiu fazer na vida, disse a sua mãe, irritada, mais de uma vez) e você foi devolvida à Inglaterra, a terra dos dias amenos e, quando cresceu, a terra das fodas sem orgasmos.

As pessoas que nada sabem sobre a sua família acham que ela é fascinante, encantadora e extremista, mas agora Cole conhece a verdade, que pouco desse extremismo lhe foi transmitido nos genes; apenas reforçou a sua cautela. Teve de ser sensata, de construir uma vida entre o caos.

Cole diz que a sua mãe está tomada pelo mau humor, que está na menopausa e louca, e teme que você fique igual a ela. Não gosta de visitar a casa de veraneio que ela tem na costa norte de Yorkshire, uma região bastante rica em fósseis de répteis marinhos e peixes. É absurdamente distante e ela raramente está em casa, anda sempre em algum lugar numa escavação. Ele não aprecia a maneira como ela pega de maneira distraída na escova de dentes dele para escovar um pedaço de grés que está analisando (ou talvez o faça de propósito, mas jamais diria isso ao Cole) e enche a casa de ossos e rochas antigos. Cole a considera egoísta e desleixada: o tipo de pessoa que lava a louça com água morna, disse ele um dia, e no momento você até riu, mas não esqueceu.

Tentou com afinco entrar para o ninho da família de Cole, ser a boa esposa, mas eles nunca confiaram suficientemente em você. Cole não compreende que uma família estável é uma das coisas mais desejáveis do mundo para quem teve uma infância partida, não compreende a terrível e assombrosa solidão que sente se difundir na família dele. Mas vocês têm um ao outro, um caminho seguro, uma certeza. Quando anda na estrada, a recordação do lar conforta o coração de Cole, ele anseia pela vívida tranquilidade do apartamento de vocês, é o santuário que o resguarda de todas as ansiedades do mundo: quadros já muito maltratados e sem restauro possível, astutas falsificações e prazos impossíveis de cumprir. Tem o cuidado de não colocar nada demasiado desestabilizador para a vida estressada dele, porque é tão sortuda, você sabe que é. O seu marido é um homem moderno, generoso e atencioso, que cozinha e limpa; um marido dedicado, diz à Theo, vocês são um dos poucos casais verdadeiramente felizes. E ela há de saber melhor do que ninguém. Já tratou inúmeros casais. Quando as mulheres levam os maridos ao consultório dela para sessões de orientação, ela se enfia literalmente na cama com eles, armada com um par de luvas de látex e um vibrador.

Adoraria lhes fazer uma consulta, disse ela, como se quisesse engarrafar os segredos do porquê dessa relação funcionar.

Que horror, respondeu rindo, apavorada. Nunca conseguiu cagar num banheiro público se ali estivesse outra mulher, quanto mais fazer sexo. Quando dividiu o chuveiro com a Theo, aos treze anos, foi uma experiência tão embaraçosa que jurou nunca mais repetir. Conseguia se despir no consultório de um médico ou num ginásio, onde fosse totalmente anônima, mas era completamente diferente fazê-lo com uma pessoa que conhecia, ainda por cima tão bem.

Ninguém, porém, faz ideia do tumulto de uma vida secreta. O seu desejo de lançar a catástrofe no seu mundo é como um puxão insistente nas suas saias. Mas é pontual e depois passa. Com a oferta de um banho de imersão, ou uma xícara de chá, ou a louça lavada.

Lição 23

a importância da costura e do tricô

Tem um livro que o seu avô lhe deu que é um delicioso catálogo de pensamentos impróprios:

Que uma mulher casada deve conquistar outro homem se o marido a desiludir na cama.

Que a maldade de uma mulher é melhor do que a bondade de um homem.

Que as mulheres são mais valentes do que os homens.

Que Adão pecou mais do que Eva.

Foi escrito anonimamente, em 1603. É pouco maior do que a palma da sua mão. O papel é feito de farrapos de tecido e não de massa de madeira, e as páginas estalam de fragilidade ao serem viradas. Adora esse som, é como as primeiras faíscas de uma chama se consolidando. O livro intitula-se *Tratado de razões que provam o valor de uma mulher* e antigamente as suas palavras estavam presas por dois pequeninos fechos que, em algum lugar no tempo, foram arrancados. Cheira a reclusão e a coisas secretas.

Imagina uma casta e boa esposa escrevendo secreta e alegremente, ao fim da noite e nas longas horas da tarde. Cada página é ornada com uma bonita moldura decorativa de tinta vermelha e preta. É uma fascinante e desobediente obra feita por puro prazer. Coloca umas luvas de algodão para abri-la. Nunca a venderá.

Está na família há gerações. Ainda hoje corre o rumor de que o esqueleto da autora foi encontrado num armário no vão de umas escadas, onde o marido a trancara a sete chaves depois de ter encontrado o livro. O seu pai lhe contou histórias de como ela procurava a porta, chorando, as suas unhas desesperadas marcadas na madeira, mas desconfia que a realidade é muito mais comum: que o seu bisavô comprou o livro num leilão, a título de curiosidade, e que talvez até tenha sido escrito por um homem, fruto de uma piada enigmática qualquer.

Cole chama-lhe "O dote", ou alternativamente, "O livro assustador". Diz, brincando, que vai jogá-lo no lixo se você se comportar mal, ou trancá-la no armário e lhe prender lá para sempre. Adora essa troca de gracinhas; ele lhe faz rir tanto. Nunca vê dissimulação nele. Aos móveis do seu pai dispersos pelo apartamento ele chama de "as ruínas". E a você, afetuosamente, "a bota velha". Mostra-se sempre indignada, o que Cole adora.

Lição 24

as principais causas de uma saúde debilitada nas mulheres são o silêncio, a quietude e os espartilhos; aprenda, sendo assim, a cantar dançar, e nunca use espartilhos apertados

O céu pesado. O ar com cheiro de mar. Nem sequer precisa de um chapéu de sol, deitada na espreguiçadeira à beira da piscina. A brisa que sopra do deserto provoca estragos no seu *Herald Tribune* e você desiste de ler e observa as pessoas à sua volta, está mais interessada nos corpos das mulheres do que nos dos homens, é assim com todas as mulheres, explicou a Theo, e tem razão. Lembra-se exatamente do corpo dela quando tinha dezesseis anos, a cintura estreita, as pernas compridas e as sardas no peito, e no entanto mal conseguia se lembrar dos homens com quem dormiu, de nenhum deles. Dos nomes ou dos corpos, apenas dos rostos, vagamente, e da forma, também vaga, dos pênis, se eram compridos ou muito grossos — meu Deus, tinha pavor disso, da fricção que provocavam.

O empregado lhe estende um gim-tônica numa bandeja de prata e você olha em volta, assustada. O homem do saguão esboça o seu belo sorriso juvenil, numa espreguiçadeira distante, e você baixa a cabeça e não faz mais nada, não bebe, não olha, está confusa e sabe que Theo ficaria irritada com isso, uma oportunidade perdida.

Theo. Uma mulher malandra, com uma energia diferente. É sedenta e precisa de beber, é a maneira como anda e escuta e se debruça e fala. É uma mulher que vive *excessivamente*, tem tanta vida dentro dela que parece brilhar-lhe por debaixo da pele. Isso quer dizer que você vive uma vida simplista? O seu coração se encolhe de pânico, como se uma nuvem o tivesse atravessado.

Olha para o homem na espreguiçadeira, agora lendo o seu exemplar do *Tribune* e inclina a cabeça para trás, fechando os olhos. No momento, vive os seus dias da mesma maneira que uma ovelha inútil, vagando, sem se interessar por nada em especial. E no entanto, nunca iria querer o tipo de vida da Theo. Ela é tão livre, tão independente de tudo e de todos, que está perdida.

O céu escurece, os banhistas arrumam os protetores solares e partem um a um, a brisa seca se intensifica e fecham-se os chapéus, com medo de serem levados pelo vento. Mergulha na piscina. A água está ondulada como um telhado de zinco. É a única pessoa dentro da água e desliza pela frescura, nada vigorosamente pela primeira vez em anos, sente os músculos desusados rangerem e entrarem na linha e lembra-se da sua mãe, das suas mãos fortes e confiantes e das tiras de água quando tinha dez anos. Agora não tem família permanente à sua volta, os seus amigos tornaram-se os seus parentes mais próximos: Cole, claro, e a Theo, uma espécie de irmã, embora por vezes pulse entre vocês a intensidade dos amantes.

Ela faz aniversário hoje, precisa lhe telefonar.

Sorri enquanto move o seu corpo pela água e, quando chega ao fim da piscina, levanta os olhos para as grandes plumas de pó ocre que o vento traz do deserto; é como se o entardecer estivesse sendo apressadamente empurrado para o centro do palco. Os empregados se movem agora com gestos rápidos e calculados, retirando as toalhas e os colchões das cadeiras. A maior parte das pessoas foram embora. As palmeiras agitam os ramos como crinas de pôneis desobedientes, voam gravetos e folhas para dentro da piscina e você sai da água ao ver assentar os primeiros restos. Cheira a terra de modo rápido como se estivesse respirando, sente o dia de trovoada lhe reavivar como uma faísca e levanta o queixo para o céu e inspirando fundo e recolhendo, relutantemente, as suas coisas de praia. Passa pelo homem do saguão, ainda corajosamente lendo. Ele ergue os olhos para você.

Não olha para ele. Volta para o interior do hotel, para o seu marido, com uma expectativa batendo asas dentro de você.

Lição 25

emprestar é, regra geral, a maior indelicadeza que podemos cometer, a menos que sejamos capazes de dar

O velhinho que trata das rosas abre a porta do quarto para você, fazendo cortesia e mostrando o seu sorriso gentil. Ofereceu, galanteador, um só pé de flor e você o aceitou delicadamente; é um jogo desempenhado com alguma seriedade. As pétalas são de um vermelho escuro, quase preto, e mergulha o nariz na sua estranheza: é a fragrância selvagem e farta dos jardins da sua infância, não o perfume fugaz e fabricado dos botões que compra no supermercado. Entra no quarto sem fazer barulho, quer surpreender Cole, ele vai lhe atirar na cama, lhe fazer rir e lhe beijar à sua maneira especial e você vai se derreter, sucumbir, apesar de ainda estar menstruada. Sexo *sexy*, hum, viscoso, espontâneo, um tipo de sexo rude, que já não faz há anos e de repente lhe parece necessário. O quarto está na penumbra do céu escurecido e sente na boca o paladar dos trovões lá fora, levantando o queixo para eles. Cole está ao telefone. Fica irritada, ele não devia estar trabalhando durante esta viagem, ele prometeu.

Estou mortinho para sair daqui, estou ficando louco, o calor, e diz isto na sua voz especial, a *sua* voz, mas com um ligeiro tom de brincadeira, leve, é um tom que não ouve há muito tempo. Ela só quer ir correndo para os mercados e andar naquelas malditas carroças, não suporto isso tudo, estou morrendo de tédio, só quero relaxar. Faz uma pausa. Diz, Diz, não, não pode. Solta uma gargalhada. Sim, eu também. Já falta pouco para nos vermos, graças a Deus.

Lição 26

ar ventilação oxigênio

Está muito quieta. Passa por Cole sem olhar para ele. Ultrapassa as portas da varanda e senta-se, com muito cuidado, na cadeira de madeira.

O seu coração ressoante, o seu coração ressoante.

Fica sentada durante muito tempo, sem fazer barulho, mergulha no silêncio profundo depois da trovoada. No final, o sol aparece sutilmente e não refrescou nada, nada, está quente como sempre.

II

"A minha alma volta-se para o Senhor, mais
do que a sentinela para a aurora.
Mais do que a sentinela espera pela aurora."
Salmo 130

Lição 27

não deve haver uma fossa diretamente ligada à casa

Segunda-feira depois do regresso de Marraquexe. Um café no Soho, sozinha. Uma velha taberna londrina que serve torradas com feijão em molho de tomate e chá *Tetley* em bules de aço inoxidável, o cardápio almofadado e revestido de plástico. Lendo o jornal sem ler.

Como se tivesse sido esfolada.

Não consigo explicar, diz ele, corando, todas as vezes. Sempre que lhe perguntava, por diversas vezes. Está exagerando, diz ele. Ela é uma amiga, *nossa* amiga, de vez em quando tomávamos uma bebida juntos. E depois cala-se.

Como se o que quisesse dizer nunca pudesse ser dito, como se nunca lhe pudesse ser arrancado. Mas você não desiste.

É só uma amiga. Sei.

Reclina-se para ouvir as palavras dele, cruza os braços. Atenta às explicações que são duras de engolir, e para você nunca são suficientes.

Visita frequentemente o café do Soho. Quer correr para longe do mundo, se encolher como uma bola; quer se afastar da leveza calma que paira no ar, do cor-de-rosa atrevido das moças que passam na rua.

Durante todo esse maldito tempo, ele nunca parou de dizer que te ama, mas já não quer mais lhe dar ouvidos. Porque a relação tomou um balde de água fria e o choque deixou-a congelada até os ossos.

É só uma amiga. Sei.

Não desiste.

Faz agora uma semana que sabe; depois duas. Tudo mudou e nada mudou, está lendo o jornal sem ler. Prefere este café do Soho aos das redes americanas que ultimamente parecem estar em toda a parte, apesar de saber que Cole ficaria horrorizado com a sua escolha. Antes, deixava que os gostos e aversões dele moldassem os seus dias, mesmo quando ele não estava contigo. Mas agora é frequentemente desobediente, em pequenas coisas. Porque a descoberta de que ele está tendo um caso com ela se abateu sobre você com a rapidez com que uma armadilha aprisiona um coelho, e está exilada do seu casamento, da sua casa e da sua vida.

O velhinho atrás da caixa registradora intui uma parte de tudo isso; cumprimenta você agora com um sorriso caloroso e lhe entrega a xícara de chá sem esperar que a peça.

Nós. só. tomávamos. uma bebida. de. vez. em. quando. Está bem?

Não acredito em você. Desculpe, mas não consigo.

É a verdade, estou *tão cheio* de te dizer isto.

Não acredito em você. *Não consigo.*

As suas mãos pairam, geladas, apoiadas na sua cabeça. Os seus dedos estão fechados em garras, as juntas brancas como osso. Se transformou em outra pessoa. Não reconhece esta voz.

Dia após dia se refugia neste café no bairro da prostituição de Londres. É um pequeno indício de algo que estourou dentro de você. Não sabe ao certo por que escolheu este local, nunca vai a cafés ou restaurantes sozinha, se sente muito exposta. Só sabe é que as duas pessoas mais chegadas a você saíram do seu coração, que está fechado de dor. E é só quando abre o jornal e derrama o leite no chá que sente a bola de papel metalizado, contraída dentro de você, desdobrando-se. Ninguém diria olhando para você, a discreta dona de casa suburbana, que estava há pouco tempo, num quarto de hotel em Marraquexe, tem agora todo o seu futuro esmagado por um só golpe solto com o punho de uma espingarda.

E tudo o que restou é a carne exposta, com escoriações demasiado profundas para lágrimas.

Ela é uma amiga, apenas uma amiga, é só isso que ele consegue dizer e neste café do Soho, na terceira semana do seu purgatório, a sua xícara de chá é posta em cima da mesa de forma bruta. Com tanta força, que o pires racha.

Lição 28

a doença é o castigo da natureza insultada

Um mês após o seu regresso de Marraquexe. A estagnação emerge como lodo. Não está entediada nem furiosa, apenas parada; nada lhe cativa, nada te interessa, não sabe o que fazer a seguir, à hora que se segue e a todos os dias da sua vida. Dormir é a solução a curto prazo. Londres é indicada para isso. A luz é leitosa, filtrada, ao contrário da luz da sua infância, que entrava descaradamente esguichando pelas cortinas de manhã, lhe acordando e lhe empurrando para fora. O céu em Londres é como o teto vergado sob o peso da água numa casa antiga e agora dorme manhãs inteiras e desperta com uma náusea de pânico nas entranhas. Depois percorre as ruas, vendo sem ver, sem exterior.

A Selfridges* lhe força a entrar, com as suas atraentes promessas. Há tanto tempo que não vem aqui, costumava andar pelos seus pisos com a Theo, ela lhe convencia

* Loja londrina localizada na famosa Oxford Street, definida como a melhor e mais inovadora loja de departamento da Europa

sempre a provar coisas que não queria. Passa os olhos pelos balcões de acessórios. Compra seis anéis. Espalha-os pelos dedos, desfocando o seu estado civil; os seus anéis de noivado e casamento estão irreconhecíveis e você sorri quando estica a mão para a observar.

Mas depois volta, a voz dele. Volta sempre. O tom com que ele falou ao telefone com ela. Não é propriamente a ideia deles fisicamente juntos, é a intimidade da voz dele. Só quando escutou a conversa no quarto do hotel é que percebeu há *quanto* tempo não a ouvia. E sentiu saudades dela, saudades violentas.

A *sua* voz.

Tem os dentes cerrados quando se dirige para o metrô e com esforço descontrai o maxilar e passa a mão na testa, uma nova ruga que tem entre os olhos. Ao fim de cada noite a massageia, as pontas dos dedos mergulhadas na brancura arrepiante do creme com vitamina E. Além de você, o apartamento faz tiquetaque. Os cômodos estão às escuras, exceto o quarto. Agora o Cole passa muito tempo fora, trabalhando até tarde; é essa a desculpa dele. Não há nenhuma luz acesa na entrada para lhe dar as boas-vindas. Ao fim de cada noite, sentada diante da penteadeira, as pontas dos seus dedos amparam a sua testa como andaimes. Porque são as longas, longas noites que te derrotam.

Que se apagam como uma vela.

Lição 29

os amigos são muito raros para nos livrarmos deles, se forem amigos verdadeiros

A campainha, bastante barulhenta, surge de repente com um som estrondoso na sua manhã. Reclama: ainda está deitada. O interfone está estragado, vai ter que descer os três lances de escadas e abrir a porta da rua para saber quem é; com o seu velho roupão, sem o seu rosto.

A Theo. Boca vermelha e saia vermelha, cor do sangue. A caminho do trabalho.

Fecha a porta. Isso é absurdo, diz ela, anda logo, temos que conversar. Apoia as suas mãos na porta com os braços esticados. Não podemos pelo menos falar, implora ela. As suas pancadas na porta tornam-se murros, vibram através das suas palmas. Endireita-se, sobe as escadas, não olha para trás; os seus dedos, tremendo, na sua boca.

A traição da Theo é magnífica, espantosa, incompreensível. São os atos dela que não consegue compreender e não os do Cole. Sempre presumiu que seria ela a pessoa com quem partilharia a sua vida toda, e não a sua mãe ou, por exemplo, o seu marido. Ela é mulher, conhece as regras. Os homens, não. Não está interessada numa desculpa, nada pode corrigir o mal que foi feito, porque tudo o que ela disser será esmagado pela violência da lealdade estilhaçada e pelo seu coração gritante, espancado.

Não suporta imaginá-los juntos. Não faz a menor ideia de como é a Theo com um homem. Como é que ela atua, se se transforma em outra pessoa; se altera a postura e a voz. É um lado das suas amigas que nunca invadiu. Só sabe que o seu marido está atraído pela sedenta força gravitacional dela: foi o que a voz dele te disse.

Como você esteve um dia. A Theo era desleixada com a relação de vocês — nunca aparecia para jantar com uma garrafa de vinho, nunca lhe enviava cartões agradecendo, cancelava saídas à noite em cima da hora, chegava frequentemente atrasada —, mas era sempre perdoada, porque iluminava as suas horas com a dádiva da sua presença; assim que a via, desaparecia qualquer vestígio de irritação.

Agora, ela tenta entrar em contato com você vezes sem conta, mas desliga sempre o telefone, por mais depressa que ela tente encaixar o discurso, apaga os e-mails dela sem os abrir, rasga as cartas. Tem jeito para cortar as pessoas, sempre foi um dom seu, um dom pequeno, mas eficaz; arrumar as coisas, andar para a frente. A Theo vai odiar ser ignorada. É o que ela mais teme. É tomada por uma estranha sensação de poder, a extrema passividade a torna forte; é a maneira como sabe protestar, dá voz a você. Como acontece, às vezes, com o sexo.

Lição 30

os medicamentos antigos devem ser jogados fora, uma vez que raramente voltam a ser necessários e rapidamente passam da validade

Cole precisa de você para uma festa. É organizada pelo proprietário de uma galeria de arte que tem um quadro precisando de restauro, uma paisagem veneziana de um aluno de Canaletto. Cole está ansioso para lhe estender as mãos; desconfia que, por trás, há um toque do mestre. Não quer ir. Não quer lhe dar nada, ainda.

Por favor, pede Cole.

Detesto esse tipo de festas. Você sabe disso.

O Simon gosta de você e eu preciso deste trabalho.

Conhece a esposa que Cole quer para isso. Já te disse várias vezes que é uma excelente acompanhante: todos gostam de você, lhe acham amorosa, bonita, querem conversar com você, mas o grande objetivo é conseguir que todos admirem Cole, porque é isso que ele está fazendo, exibindo uma propriedade sua, como um carro ou um relógio de ouro ou uma roupa, e você está incentivando a impressão das pessoas de que ele é um homem de sucesso. Adorou quando ele te disse: é tão apreciada. Sempre realçaram o melhor de cada um, em eventos sociais. Nas festas, as suas frases se sobrepõem quando contam as suas velhas piadas, em jantares na casa de amigos, suas refeições são distraidamente partilhadas, durante os seus próprios jantares com amigos é um suave ato duplo, cozinhar, servir e limpar. Ambos têm jeito para desempenhar o papel de casal, apoiam-se um no outro.

Por favor, implora Cole agora.

Está bem. Está bem.

A sua mão pousa no seu pescoço. Cede sempre, sempre fez isso a sua vida toda; de onde é que te vem essa sua teimosa necessidade de que os outros gostem de você?

Uma casa térrea numa fileira de casas numa rua recatada, perto do apartamento de vocês. Simon se destaca pela altura, em meio a sala amontoada. Avalia o seu sucesso pela sua intimidade com pessoas famosas, adora mencionar nomes sonoros, não suporta estar sozinho. Gosta de você porque lê as fofocas das estrelas e responde, de olhos muito abertos, à conversa dele. Tem uma relação, por interesse, com uma estrela pop de Dublin que se destacou por um bom corte de cabelo e um sucesso no verão, de cujo título nunca consegue se lembrar. Ela não está na festa. Não há famosos na festa. O Simon vai ficar profundamente desapontado. Vê os convidados todos espiando por cima do ombro, em meio às conversas, vendo quem está, foi só por isso que vieram, para verem alguém famoso.

Quer sair dali.

Está sozinha em um canto, num sofá de couro preto que range como uma sela. Há uma *lava lamp* ao seu lado. Já não funciona. Nunca gostou muito de festas. Tem grande tendência para ruborizar, para silêncios constrangedores e para dizer coisas destoantes e erradas. Não se sente bem em grupos grandes, sempre esteve mais à vontade só com uma pessoa de cada vez, a pequenina magia de que é capaz sempre e se dissipa perante uma multidão. Observa os convidados. Detesta a ideia de voltar a ser solteira, de conhecer cada homem com ansiedade. Fica corada diante de qualquer pessoa que te atraia e nunca conseguiu ultrapassar essa situação, seu corpo falha muitas vezes. Imagina a Theo, aqui, com uma admiração que dói: vê-la brilhando no meio da sala, enfiando a cabeça em círculos de conversa e deslizando de grupo em grupo.

Usa um vestido de cetim preto com o corpete cortado ao estilo clássico dos quimonos e normalmente adora esse vestido, mas hoje está fora de contexto, veio exageradamente bem-vestida. Precisa voltar para casa. Não pode ir a pé sozinha: na sua rua há dois pontos de venda de drogas e na semana passada uma mulher foi esfaqueada. Precisa de Cole. Ele está em boa forma, faz amizade com todo mundo; preferia que ele se apressasse. Detesta a sensação de aprisionamento que as festas lhe provocam, detesta estar dependente de outra pessoa para poder fugir. Está encurralada num vestido de cetim preto que, hoje, é exagero.

Cole conversa com Simon. Não gostam particularmente um do outro, mas se mantêm em contato porque nunca se sabe quando poderão precisar de algum serviço. Não estão falando do Canaletto, tudo menos disso: Cole não costuma ser tão direto. Há uma pausa na conversa e você se levanta e lhes diz, educadamente, que vai para casa. Dirige-se para a porta. Uma mão toca o fundo das suas costas. Uma mão de aço. Empurra-a para uma varanda cheia de gente e você se retrai, mas a mão se mantem firme nas suas costas.

Tenho que ir para casa, diz, muito baixo, muito velha.

Preciso só dar uma circulada. Cinco minutos. Está bem?

O tempo já está contando, e você o afasta.

Você e Cole ganharam ambos esta noite, mas o Cole ganhou mais. Ganha sempre mais.

Lição 31

as crianças nunca devem dormir com a cabeça tapada pelas cobertas da cama

O que pensa enquanto vocês dois voltam para casa a pé, em silêncio, a um metro de distância um do outro: o meu marido se chama Cole e essa é a sua característica mais notável, mas será o bastante para ficar com ele? Porque a dúvida te invadiu como veneno, está te consumindo.

Ele nunca vai te contar o que aconteceu. Talvez a sua única oportunidade tenha sido naquela tarde, no quarto de hotel, durante a trovoada, ainda arrasada pelo choque. E o que você fez? Preferiu se sentar, com o seu coração ressoante. Mais nada. Porque sempre foi essa a sua postura, o retiro, o silêncio, e só mais tarde, muito mais tarde, é que encontra as palavras que devia ter dito. Mas nunca as diz a tempo, tem bastante cuidado para não magoar mesmo quando está magoada, e é muito covarde, é, sim. Pergunta-se o que aconteceria se algum dia soltasse a raiva que está oprimindo o seu coração. Olha para o seu marido e sabe que agora ele nunca dará uma abertura para o seu rosto fechado, o momento passou, perguntou a ele o que aconteceu muitas vezes e ele está profundamente farto da sua desconfiança: encerrou a loja, fechou as portas, apagou as luzes. Já não reconhece o seu marido, tornou-se outra pessoa. Um desconhecido, que despe a Theo, se debruça para beijá-la, lhe agarra as ancas, roça as pálpebras fechadas dela com os lábios, ri com ela na cama: fecha os olhos por um instante, tentando bater com a porta aos pensamentos.

Cole abre a porta da rua e entra sem verificar se você vem atrás dele. Vai direito ao banheiro. Você fica parada no degrau, admirada, olhando para a cidade-fantasma de uma relação que se estende diante de você, sem saber se quer avançar ou não. Portanto, chegou a esse ponto. Em outra vida, ligaria para Theo, a tiraria da cama e perguntaria se podia dormir no sofá dela e chorar as suas mágoas. Imagina-a dizendo, obviamente, claro que pode, minha querida; imagina-a entrando no carro para vir buscá-la, não iria querer que dirigisse nesse estado que pressente na sua voz trêmula.

Não tem para onde ir.

Não sabe o que fazer.

Não tem emprego, por causa da insistência do Cole, e sente uma pontada quente de raiva; como é que ele se atreve a incapacitá-la, como é que se ele atreve a rebaixea-la deliberadamente.

Atravessa o umbral. Dirige-se para o quarto. Senta-se na penteadeira, com a cabeça baixa, as mãos apoiando suas têmporas.

Lição 32

o rosto de uma menina egoísta parece, com frequência, amargo

Meados de julho. Uma explosão audaciosa de calor. O verão começou finalmente e sente a exuberância nas ruas: as pessoas pulam para dentro da fonte de Trafalgar Square e faltam ao trabalho para se esparramarem em Hyde Park.

O seu estado de espírito, negro-tinto.

Já não tem um santuário de bondade, bons atos e rendição; está mudando, sente que se torna amarga. Alegra-se quando os casais se separam, tem a sensação de que a ordem é reposta, que é assim que todos devemos estar, sozinhos. Sente uma pequena descarga elétrica quando os amigos perdem o emprego ou a sua nova revista erra a publicação, quando uma mulher aborta espontaneamente ou os céus despejam um aguaceiro numa cerimônia de casamento. O que se tornou? Soltou-se do eixo, deixou de ser um capacho, igual a todo mundo?

Mas algo começa a desabrochar dentro de você. Uma ideia: viver com menos prudência e mais egoísmo. Intrigam-lhe as pessoas que parecem tolas, privadas e ridículas, mas *vivas* com todo o caos que isso acarreta. Sempre foi muito cautelosa. Demasiado branda para uma redação de jornalismo, disse o Cole uma vez, não é suficientemente assustadora nem neurótica, graças a Deus.

Prisioneira da insipidez. E do medo. E sabendo que é mais fácil instruir do que agir. Pensa naquelas pessoas que simplesmente desaparecem. A Theo tinha uma amiga encalhada numa vida que não queria e um dia disse, tenho que ir num instantinho ao supermercado, e deixou o marido à espera no estacionamento e nunca mais apareceu. Só ao fim de três horas de espera é que ele percebeu e pediu socorro.

Pensa em explorar uma veia mais perigosa de si mesma. Gostaria de tentar ser mais bonita, ou pelo menos interessante; beleza é poder, sua mãe lhe ensinou. Quando era adolescente, dizia, pelo amor de Deus tira esses óculos, vai se arrumar, como se achasse impossível que fosse filha dela.

Surge o seu primeiro cabelo branco e você o arranca, e depois tira com uma pinça os pelinhos quase invisíveis do queixo e da sua barriga e sente prazer quando os puxa, sente que a sua vida, a sua verdadeira vida, talvez esteja começando. Tem que fazer com que comece, não pode simplesmente desistir. Antes, a vida era uma coisa que parecia acontecer sempre às outras pessoas. Como à Theo.

Lição 33

a necessidade mais imperativa da vida é a contínua e incessante mudança

Uma decisão, em meados de agosto. Tem que ultrapassar este tempo de lamúrias, tão choramingão e errado, tem que se arrastar para fora dele. A decisão de que algumas das questões graves de uma relação, no fundo, só podem ser ignoradas, não podem ser esmiuçadas e discutidas, se quer que a relação sobreviva. E é por isso, talvez, que algumas pessoas em relações duradouras aprenderam a conviver com o que lhes desagrada. Para recuperar a serenidade. Observou isso em casamentos que resistiram à infidelidade, via-os contrair uma união consolidada na velhice. *Quer* que a relação sobreviva?

É mais fácil ficar do que partir.

Não suporta a ideia de voltar às festas e notícias de solteiros e jantares íntimos que fracassam, de ter que inventar sempre qualquer coisa para fazer nas noites de sexta-feira. E em breve vocês iam tentar conceber um filho. O Cole quer ser pai, um dia. Quando o encontrou, foi como uma vela na escuridão de uma caverna, e jogá-la fora depois de ter chegado até aqui, não consegue. Teve a relação mais satisfatória da sua vida com ele: tem a certeza de que a chama do companheirismo pode ser recuperada.

O Cole quer que o casamento dure. Tudo é resto, é negado. Ele não quer pular fora.

E você não quer que a Theo ganhe. Muitas vezes, tem medo que essa razão pese sobre todas as outras. Pode derrotá-la com isto; não se lembra de tê-la derrotado em nada.

Portanto, uma decisão.

Viverá com os silêncios. Porque pararam de se falar, vocês dois, estão distantes em quartos separados: ele no escritório, você no quarto, há bastante tempo. Pelo menos não há sexo, o que é um alívio, porque a recordação do sexo se reduziu a duas coisas: quando ele não gozava era frustrante e quando gozava era uma porcaria, muitas vezes na sua barriga e na cara, como um cão contra um poste reivindicando o seu território.

Tantas maneiras de se viver como um prisioneiro.

Mas uma decisão, encontrar uma maneira de voltar a uma vida feliz. Embora só Deus saiba quando é que a fúria abrandará em você.

Concentra-se por enquanto em deixar a casa bonita, minimalista e pálida, como o interior de um balão branco. Ao *seu* gosto, porque perdeu a capacidade de ceder. Nunca se atreveria a impor tanto a sua vontade. Os pedreiros deparam com uma mulher que nunca teve autorização para se mostrar, especialmente na presença do Cole, uma mulher determinada, de pavio curto e sem rodeios.

E a casa, a bonita casa, à altura das páginas da *Elle*, quando se entra está tão silenciosa como um túmulo.

No seu âmago impera um vazio, uma podridão, um silêncio quando um de vocês vai para a cama sem se despedir, quando comem juntos sem falar, quando o telefone é passado ao outro sem uma palavra. Um vazio quando todas as noites se deita na cama de casal, inquietamente desperta, espantada com a facilidade com que o ódio consegue roçar o amor, cercá-lo sorrateiramente como um gato. Um vazio quando percebe que a maior solidão que já sentiu na vida é num casamento, no papel de esposa.

Lição 34

tenha sempre uma boa reserva de roupa íntima de qualidade

O café no Soho. A sexta-feira antes do feriado de agosto. Quente, festivamente quente. Um homem está sentado à mesa ao seu lado, lendo um jornal, *The Times*. Repara na curva da nuca dele: que estranho é se sentir atraída por alguém só de olhar para o seu pescoço. O cabelo é preto, como as horas noturnas no interior do país.

Está passeando. Uma tubulação de água estourou aqui perto e a água derrama-se preguiçosamente pela rua. Ninguém parece incomodado, ainda. Dois homens e uma mulher gritam, brincam e riem diante da água, estão na casa dos vinte, não deviam estar fazendo isso. Ignoram o público que os observa e logo estão ensopados.

Sorri. O seu *Evening Standard* está dobrado dentro da sua bolsa, acabará de o ler no metrô — meu Deus, hora de pico, demora muito tempo, vai ter que fazer a viagem toda em pé. Demorou muito tempo porque não quer estar em casa sozinha, no silêncio. Odeia o vazio quando Cole está lá e quando não está, também, quando faz questão de sair; é como se nada, agora, desse certo na sua vida. Levanta-se, pronta para entrar na multidão de passageiros diários, com os seus rostos ansiosos pela enclausura do lar, quando um carro dobra a esquina repentinamente e corta pelo molhado, desviando-se do trio, e levantando um leque de água, que te atinge. Fica paralisada, não consegue se mexer, a sua mente se esvazia, como se alguém tivesse lhe contado uma anedota e espera que entenda rapidamente a piada.

Olha para o homem que está ao seu lado. Ele também ficou ensopado. Solta uma gargalhada repentina; a piada é esta. Ele faz o mesmo.

Ficou num estado lindo, você diz.

Você também.

Olha para baixo. O seu vestido branco de algodão está triunfantemente molhado com uma grande mancha à frente, agarrando em você como um pedaço de seda insistentemente enrolada numa árvore. Joga a cabeça para trás e sorri: oh, meu Deus. E depois um casaco de homem é colocado sobre os seus ombros, o homem te conduz de volta para a mesa, te abraça como só um marido deveria abraçar: com direito de propriedade.

É, obviamente, o seu homem da nuca bonita.

Lição 35

colchetes macho e fêmea

Tudo mudou.

Gabriel Bonilla, é assim que se chama. Repete o nome; o som é substancial na sua boca. Sorri como quem pede desculpa por isso. Precisa esperar que o seu vestido seque para ficar decente; é capaz de demorar algum tempo e este Gabriel Bonilla pergunta se precisa ir logo para casa — não, não tem problema, não tenho nada à minha espera em casa — e você ri, demasiado alto, e o som sai como se algo dentro de você se tivesse partido.

Bem, olá.

Portanto, fica ali, uma ou duas horas naquele café estreito e gorduroso e vocês dois falam de tudo e de nada, as vozes despenhando-se uma sobre a outra, aprendendo vidas.

Soltando-se das algemas.

Nunca falaria com esta liberdade, esta ligeireza, se não fosse comprometida. Ser casada faz de você uma flor esplendorosa de certeza, de segurança confiante. Mas não a impede de corar, Gabriel Bonilla cora também, exatamente como você, plenamente, totalmente, ridiculamente e você se atreve a pensar que significa alguma coisa. Hesita em perguntar se tem companheira e uma família, quer saber, precisa saber, mas teme que o esforço de perguntar a exponha muito, a faça corar novamente. Como depois do banho que tomou, quando percebeu que ele tinha visto o seu corpo tão vulneravelmente, tantas coisas, as coxas bastante gordas e os mamilos através do sutiã, meu Deus, tudo, e leva a mão à boca ao lembrar, mas ele baixa os olhos como se não quisesse invadir a sua privacidade, como se tivesse aberto, por engano, uma porta para dentro dos seus pensamentos.

Há algo de fascinante neste homem sentado à sua frente com a seu ternoa leve de verão. Não consegue dizer ao certo o que é, mas trata-se algo de honesto, antiquado, delicado. Errado nesse mundo, nesse amontoado de lojas de sexo e luzes de néon em que uma moça frágil num umbral veste a pele de uma drogada. Este Gabriel Bonilla não devia estar aqui. Pertence a outro tempo, a outro lugar; o tipo de pessoa que não esperaria que fosse a mulher a dirigir se houvesse um homem dentro do carro. O nome é espanhol, mas ele domina perfeitamente o inglês — a minha mãe é inglesa, o meu pai, espanhol — e aí está o seu riso novamente, a desabrochar; ah ha, então está explicado.

O que é que faz, pergunta.

Adivinhe.

Você se debruça para a frente, apoia o queixo na palma da mão: professor, médico, espião?

Sou ator, diz ele.

Recosta-se. Retrai-se, apenas um pouquinho. Não conhece nenhum ator, nem tem a certeza de que quer conhecer algum.

Não estou reconhecendo o seu rosto. Deveria?

Não, não, ele ri. Ninguém mais me conhece. Há tempos fui famoso, durante cerca de uma semana, no final da adolescência. Entrei numa novela péssima — e levanta a mão perante a sua pergunta, não pretende dizer o nome — e depois dois filmes de Hollywood que foram um sucesso, mas pouco fiz desde então. Agora vivo com medo de aparecer num daqueles programas *Por onde anda...?*

Ri. Sempre desconfiou de atores, suspeita que nunca chegam a sujar as garras no caos da vida, vivem em segundo plano. Está sendo injusta, mas de repente mostra-se ríspida. Do que é que vive então, pergunta.

Locuções. Anúncios. Direitos estrangeiros dos vídeos. Um papel como ator convidado aqui e ali. E quando era novo, fui sensato. Comprei um apartamento.

Que faz, nos momentos livres? Como é que preenche os seus dias?

Vejamos, durmo até à uma da tarde. Bebo uísque no café da manhã. Cheiro uma carreira de coca. Riem ambos. Não, não, vou ao ginásio e dou aulas na Escola de Atores, vou a testes, esse tipo de coisas. Leio muito, viajo muito, pratico remo, vou ao cinema, bebo bastante chá.

Não consegue compreender totalmente uma vida como essa, nenhum dos seus iguais vive e de modo tão livre. Este Gabriel Bonilla responde às suas perguntas como se lhes tivesse respondido milhares de vezes e como se não se importasse. A falta de preocupação com a Segurança Social e a carreira e o que faz na vida a intriga, é absurdo, estranho. Parece-lhe um homem que não tem fome de nada, tem um apartamento e dinheiro suficiente para se sustentar; não precisa de se agarrar a nada, não precisa de correr. Tem o seu quê de atraente, essa leveza. Depois ele diz que está escrevendo um roteiro sobre uma coisa em que é viciado e você debruça-se para ele: o que, ande logo, conta.

Touradas.

Engole uma gargalhada. Empurra a pequena para baixo, senta-se em cima da tampa da caixa em que a guarda.

Touradas?

Ele também ri, o pai dele era matador mas nunca foi um sucesso porque não era suficientemente suicida, gostava demasiado da vida. Seu pai só participou de touradas de província, mas ele tem uma ideia para um filme, anunciou à família que finalmente vai começar uma vida decente e anda enfurnado nas maravilhosas bibliotecas de Londres, as melhores do mundo, e está atolado até ao pescoço em pesquisa. Também é lá que escreve, se não saísse de casa, enlouqueceria. Observa as mãos dele, compridas e esguias, como as de um padre, pega nelas e ele te diz que os matadores dependem da força do seu pulso para deixarem a sua marca e as suas mãos escorregam debaixo das dele e tentando fechá-las num círculo, as suas mãos como apoios de remos, e sente o seu peso, agarrando-as, macias.

As do seu pai são parecidas com as suas, pergunta.

Completamente. São iguaizinhas. E também herdei a tosse dele. E o riso.

Mas são tão magras, brinca, não conseguiriam matar um touro!

Não tem nada a ver com agressividade nem com força. Ai, *dios mio*, tem tanto que aprender, e ele baixa a cabeça para as palmas das mãos, ainda nas suas.

Como é que aqui chegamos, tão de repente, tão depressa? Recosta-se. Olha para ele. O lábio inferior carnudo, polpudo, pronto para ser mordido. Os cílios compridos e pretos como os de uma criança. A sua sombra alta na cadeira, um certo constrangimento por causa disso, talvez tenham zombado dele na escola. O corpo em forma. Há uma determinada beleza nele, na sua timidez, na sua decência, nunca esteve com um homem de corpo bonito, nunca se preocupou muito com isso. Imagina este Gabriel Bonilla nu, sua palma da mão no peito dele, lendo a sua extensão e o coração pulsante, cruza as pernas e aperta as coxas e sorri como uma criança de dez anos que acaba de ser flagrada comendo os últimos chocolates da avó.

Um dia levo você a uma tourada, diz ele. Prometo que vai adorar.

Sente o calor na sua face, tenta se acalmar, vê o calor no rosto dele também. Reconhece a timidez dele porque você sempre foi tímida. Raramente vê timidez num homem, está sempre disfarçada de arrogância, aspereza, distração. Vocês são muito parecidos, você e este Gabriel. Reconhece-o na maneira como ele não se senta confortavelmente no mundo, não consegue acompanhar o passo. Um ator ainda sem emprego fixo e não se importa. Sorri em cheio nos seus olhos, te desconcentra e todas as suas perguntas desaparecem subitamente. Ele desvia novamente a conversa para você, a interroga como se estivesse tentando extrair a medula da sua vida: o seu casamento, apartamento, família, emprego, colegas, patrão. Responde abertamente, com facilidade, a conversa flui de maneira suave, repleta de uma perigosa prontidão, uma leveza que canta dentro de ti.

Mas diz a si mesma que não pretende estragar tudo indo para a cama com ele, não deixará que o sexo manche esse laço de afinidade. Não quer o constrangimento, não quer o hálito azedo do amante pela manhã nem descargas sendo puxadas e cheiro de cigarros ou peidos. Demorou um ano para conseguir peidar quando o Cole estava no quarto ao lado, dois a fazê-lo na presença dele. Às vezes morde as suas bochechas por dentro com tanta fúria que sangra e o mastigar dos seus lábios é uma coisa privada, peculiar, que nunca ninguém vê a não ser o Cole. Corta as unhas dos pés na frente dele, usa roupa íntima se desfazendo, caga, mija. Abre-se perante o seu marido como não faz com mais ninguém, mas talvez ele saiba muito: perdeu-se toda a magia.

Cole.

Costumava falar com ele assim, antigamente, quando eram amantes recentes. Não quer que o Gabriel Bonilla se desiluda contigo, que se afaste sem vontade antes mesmo de algo ter começado. Portanto, a situação se manterá exatamente como está, como um documento secreto enfiado no fundo de uma divisória da sua bolsa, sempre escondido, sempre perto, para que possa tirá-lo e sonhar à vontade, a combinação de um cofre, o mapa de um tesouro, o plano de fuga de um prisioneiro.

O Gabriel puxa uma caneta de tinta permanente que abre com um clique tão agradável como o de um batom. Escreve um número no verso da conta. Há tanto tempo que nenhum homem te dá o seu número de telefone. O que significa, o que vem a seguir, estará ele brincando contigo, será um jogo? E quando os seus dedos roçam nos dele, você se retrai, bem depressa.

Ele *sabe* que é casada. Diz que gostaria de conhecer o Cole. O que te deixa desconcertada.

Lição 36

a felicidade e a virtude residem ambas na ação

No metrô trepidante de volta para casa, os seus dedos inquietam-se com o pedaço de papel como um arqueólogo com um fragmento numa escavação. São tão raras estas afinidades, talvez ocorram uma ou duas vezes na vida. Teria as aproveitado em outros tempos, quando era jovem; teria sonhado que seria, quem sabe, a semente de um grande amor arrebatado. Mas agora? Um ator alto, tímido e desempregado, da sua idade mas que, de certa forma, parece em gestação, como se ainda não tivesse entrado por completo na vida. Um ser errante e sonhador, expectante junto do telefone, refém do seu agente, vivendo sempre ao sabor da vontade de terceiros.

Tudo o que o Cole não é.
Com os dias para ele.

Sorri. Leva o papel aos lábios como se estivesse a ungi-lo. Amanhã liga para ele, só para dizer olá, como amiga, apenas isso. Tem a sensação de que mergulhou na parte mais funda de uma piscina fria, num salto irresponsável, mas está tudo bem, não fraturou a coluna; pode sorrir enquanto nada contra os obstáculos, o seu corpo afugenta o perigo, sobreviveu ao risco.

Tudo mudou e a mudança te conforta, a expectativa a envolve como um xale, sente um arrepio de gozo ao pensar secreta, secretamente, nele.

Lição 37

das meninas e das mulheres depende quase exclusivamente a felicidade doméstica dos homens

Onde é que andou a noite toda?

No cinema.

Que filme foi ver?

Um qualquer iraniano, você ia detestar.

Hum.

Cole come um prato de sopa de tomate *Heinz*, empoleirado no banco da cozinha, com um pulôver de fim de semana sobre a camisa de trabalho. A geladeira é agora túmulo de artigos com cheiros estranhos e tumores: queijo bolorento, pão com manchas azuis, frascos de pasta de tomate com uma suave penugem pálida. Ultimamente, já nenhum dos dois se importa, o forno serve para guardar tachos e panelas, há muito tempo que não se fazem os assados de domingo. Havia uma ternura tão grande na casa de vocês, antigamente: a Theo costumava aparecer com frequência, inesperadamente, como se viesse se aconchegar no seu calor.

Agora, você e o Cole deixaram de tentar. Antes, tinha pavor disso, que enquanto casal parassem de se ferecer para despejar a água do banho, fazer uma xícara de chá ou lavar a louça. Na verdade, sobrevive-se. O oposto do amor não é o ódio, é a indiferença. Indiferença emocional, indiferença física. Não fazem amor desde o quarto de hotel cheio de rosas frescas a cada dois dias, mas hoje lhe dá um beijo no cocuruto da cabeça e deixa os seus lábios demorarem-se e algo desperta nas suas virilhas.

Vou me deitar, diz.

Hum, novamente; imerso nos *Simpsons* e na sopa.

Não parece reparar no seu gesto, ou não quer ceder nesse momento: só faltam dez minutos de *Simpsons*.

Sorri. Não se importa. Porque voltou para o sol, tem as costas quentes. Tem um amigo novo na sua vida, para brincar, para fazê-la sentir-se jovem, para lhe despertar.

Lição 38

um banho frio facilitará o sono de uma pessoa que esteja demasiado desperta

O Cole fica acordado até tarde, não é raro, muitas vezes se deitou numa hora diferente da sua. Provavelmente está agarrado ao notebook, à procura de pornografia. Ficou embaraçado quando o surpreendeu pela primeira vez, há vários anos: fechou a tela com um gesto brusco. Agora, limita-se a desviar o computador de você. Como se fosse uma delicadeza, mas não é.

Cole te disse uma vez, no início, que ficava acordado até tarde porque gostava da cama quente, você é a minha bolsa de água quente, dissera ele e você soltou uma gargalhada e o lambeu atrás da orelha. Costumava pensar que o seu marido não era tão agitado e tumultuoso como você, mas sereno: limpo, aberto, descomplicado. Agora sabe que existe uma vida secreta da qual nada sabe e nunca há de saber, e ninguém conhece a vida secreta de ninguém.

Agora o vê com mais clareza. Um homem que passou pela idade adulta a pairar, com a serenidade e a distância de alguém que não quer perguntas muito íntimas. Esconde-se atrás de uma máscara de calma absoluta, dá a impressão de estar sempre guardando as suas energias para outra pessoa.

Parece confortável com o seu destino, talvez seja feliz, talvez não. nunca ninguém chega a lhe perguntar Sente-se feliz mantendo essa distância entre si e o mundo, sem se revelar excessivamente.

Você, agora, quer que te puxem para perto. Já não quer o retiro do casamento, a pequena bolha de companhia que antigamente era tão cômoda.

Nos primeiros tempos, visitava o ateliê do Cole e sentava-se num banco alto entre os cavaletes, as paletes, os candeeiros agressivos de luz azul, as garrafas de diluente e as luvas cirúrgicas. O espaço cheirava a tintas a óleo, vernizes e aguarrás, e era desarrumado como a oficina de um sapateiro. Amava o homem escondido por debaixo, que emergia tão assombrosamente no seu espaço privado. O avental por cima da camisa de trabalho, as mangas cuidadosamente enroladas, estava sempre manchado de gesso e tinta.

Nessa altura, ele andava trabalhando num retrato de Madame Recamier do início do século XIX, uma conhecida beldade francesa da época. A tela estava esticada sobre uma mesa aquecida, para suavizar a superfície, e ele ia falando debruçado sobre ela. Madame Recamier fora criada num convento e casara aos dezesseis anos com um banqueiro rico. A união nunca foi consumada; corria o boato de que o marido era, na verdade, pai dela. O Cole te contou, enquanto retocava a sua face pálida com uma espátula com a ponta envolta em algodão, que para compensar a solidão do casamento, ela usava a sua beleza para atrair dezenas de homens, mas mantivera-se virgem a vida inteira.

Foi amaldiçoada por todos os pobres coitados que se apaixonaram por ela, disse ele, endireitando-se e avaliando o quadrado brilhante do seu trabalho. Ela possuía uma calma extraordinária. Todos caíam nessa armadilha.

Dá para ver, você disse. Pelo sorriso dela.

Observava o seu marido debruçado sobre a superfície rachada da tela com o cuidado de um marmoreiro trabalhando a pedra, limpando as farruscas e fuligem até o rosto de Madame Recamier, e depois o corpo, reluzindo pálidos à sua frente. Ficava hipnotizada com os dedos dele, meticulosos com a atenção do amor, dando vida aos lábios, apenas aos lábios, numa tarde dourada, em outra, a curva pálida do seu peito.

Limpar é sempre a parte mais perigosa do processo, te disse ele. É tudo tão imprevisível. O que encontra por debaixo pode ser magnífico, ou algo que se deseja jogar fora. Nunca se sabe.

Naqueles tempos, era capaz de ficar o vendo e ouvindo uma eternidade: adorava a sedução de um homem concentrado no trabalho. Sabia, então, que era um amor recíproco e um sobrecéu de alegria na sua vida.

Vê o seu marido, agora. Um homem que se esconde na arte e na pornografia, alimentado por um mundo interior que desconhece. O seu trabalho é um universo do qual nunca poderá fazer parte, ele se enterra nele, da mesma maneira que se enterra no fosso da sua vida secreta.

Por que é que casou com ele?

Porque ele disse sim. E você chegara a um ponto em que já não esperava que um homem te quisesse tanto assim. E ele era tão bom amigo, desde o início, era um companheiro; nunca um daqueles amantes que te interrogavam sobre o que teriam em comum contigo, além do sexo. E há aquele profundo anseio dentro de você, quando passa dos trinta, a necessidade urgente.

Deem-me filhos senão eu morro, escreveu a isabelina anônima, autora do seu livro antigo.

É isso mesmo.

O Cole tem predileção por uma determinada fotografia sua, diz que revela o seu lado secreto. Foi tirada para ilustrar o artigo de uma revista sobre jovens promissores, jovens para se manter à vista, e os seus mentores. Foi escolhida por uma antiga aluna sua, agora âncora da ITV, uma moça ambiciosa que corrigia o seu sotaque do Sudoeste da Inglaterra e ascendeu meteoricamente do jornal regional de Bristol para o horário nobre da televisão. Havia também um famoso violinista, um geneticista, um arquiteto, um romancista.

Não queria fazê-lo, mas não disse que não, claro: era uma boa forma de publicidade para a sua faculdade. Na verdade, nunca gostou particularmente dela, teve ciúmes e algum receio da sua cruel sede de sucesso. Ela escondia a determinação por detrás da simpatia e da lisonja, mas não te deixava se enganar.

O fotógrafo era colombiano. Vocês deixaram-no exarcebado, ele queria que o grupo se descontraísse. Pediu-lhes para pensarem na coisa mais sensual que conseguissem imaginar e que a gritassem, e seguiram-se risos constrangidos e depois o silêncio.

Pele com pele, disse a sua antiga aluna, de repente. Outra pessoa: *foie gras.* A maciez das pernas de um bebê. Nadar, nu, à meia-noite. O cheiro da relva acabada de cortar. O *Sanctus*, de Fauré. O riso de uma amiga.

Até que já só faltava você.

Beijar a nuca do seu marido, disseste, enquanto ele estava distraído no trabalho. A sua voz cambaleante e hesitante, muito envergonhada. A fotografia foi tirada e quando a publicaram, estava tudo, ainda, estampado no seu rosto.

O Cole adorou aquele olhar, conhecia-o bem mas nunca o viu captado em película.

Não se lembrava de você alguma vez o ter beijado na nuca enquanto trabalhava.

Lição 39

nunca deve haver muitas pessoas dormindo num quarto

Noite, cama, sozinha, e a luz forte do que aconteceu durante o seu encontro com o Gabriel está gravada na sua cabeça, como as luzes fluorescentes exageradamente intensas que nunca se desligavam nos corredores do seu colégio. O Cole adormeceu no sofá em frente à televisão. Não consegue dormir, não consegue dormir, e já é madrugada. O amor é atenção e você não está recebendo nenhuma: é como um balão que se soltou de uma mão que o segurava e agora sobe e guina num céu entrecortado.

Pensa em outras coisas, na cama, sozinha. Fazem companhia a você a maior parte das noites, para lhe embalarem até dormir. Um grupo de homens vendo você ser penetrada pelo cabo de uma vassoura. Não conhece muito bem nenhum dos agressores. Nunca é íntimo ou afetuoso. É filmado. Muitas vezes, tem mulheres assistindo à penetração; com velas, com animais, às vezes as mulheres participam. E os homens. Mãos percorrem o seu corpo nu, afastam as suas pernas, tateiam, deslizam lá para dentro. Quase todas as noites imagina essas coisas para cair no sono. Os filmes na sua cabeça eram mais vívidos na sua adolescência, ainda se lembra do efeito há vinte anos, da intensidade deles. E agora, depois da tarde do Gabriel, está amplamente desperta e comprime os seus dedos entre as suas pernas e quer sentir novamente a faísca dessa adolescência, quer essa combustão sob a pele.

Quer telefonar para Theo, tem saudades da sua confidente, é um silêncio enorme na sua vida. Ela era a única pessoa com quem se sentia à vontade para telefonar depois das dez. Falava frequentemente sobre sexo com ela, o que e você queria, o que não queria; todas as coisas que nunca disse a um homem. Adorava a expressão que ela usava para descrever uma boa transa — suja — significando que seria ordinária, sexo *sensual*. Um homem porco, sempre adorou essa ideia. E sexo *sensual*.

Agora, sozinha, é tolhida pela cautela. Alguma vez agiu, enquanto adulta, exatamente como desejava? Reprimiu-se durante tanto tempo; a boa professora, amiga, esposa. E é completamente passiva na cama, resumida à rendição e desejo de agradar. A sua vida de fantasia nunca se infiltrou na vida real. Mas na cama, agora, sozinha, a possibilidade leva a chave à fechadura, como um matutino feixe de luz no deserto, chamando você aqui para fora.

O Cole entra cambaleante no quarto às cinco da manhã e comprime o corpo contra o seu, como se estivesse tentando extrair o calor da sua carne. Você o afasta com uma sacudidela.

Lição 40

são poucos os que deliberadamente prejudicam a sua própria saúde, mas são muitos os que inconscientemente a destroem

Dez da manhã.

Pega a bolsa, esperando que não seja muito cedo para estar ligando, nem sequer sabe o que dizer, só olá, será que chega, e queria agradecer pelo outro dia; ensaiava, a ligeireza na sua voz. Está vivendo mais arrojadamente, está começando, e as palavras da Theo ecoam na sua cabeça: é inútil esperar que a luz apareça no fim do túnel, precisa caminhar a passos largos e ir você acender a porcaria da luz. Não tem nada de mal arranjar um novo amigo, porque eles são cada vez menos, à medida que o tempo vai avançando na sua vida cada vez mais estreita.

Dez da manhã e o seu coração ressoante, o seu coração ressoante.

O pedaço de papel não está dentro da bolsa.

Revira-a de uma ponta à outra e procura no chão e nos degraus e no quintal lá fora, mas desapareceu e os seus dedos se arrastam pelos cabelos e os seus dentes roem as unhas, o telefone não consta na lista telefônica e você não tem o endereço, é claro, e depois se senta no assoalho da entrada, com a cabeça atirada contra a parede, durante muito tempo, muito quieta, no apartamento, com o seu silêncio sombrio.

Ele se foi.

Como se pedaços tivessem sido arrancados do livro do seu futuro.

Não consegue se mexer, a sua vida inteira parece atolada: não sabe o que fazer a seguir. Fica sentada durante muito tempo, a mão enfiada na calcinha, contra a sua pele nua. Quando retira os dedos, observa o brilho viscoso neles, como um grito. Aspira o ar, a sua mão treme; é novamente uma adolescente, uma mudança tão inesperada.

Mas não tem número de telefone, nem endereço. E ele não tem os seus. Ele se foi.

Sente-se esgotada. Precisou de tanto esforço para chegar a esse ponto, para superar a náusea e os nervos, para se decidir a pegar no telefone. Não percebeu o quanto estava contando com a possibilidade dele, de algo novo para preencher a sua vida, até que o perdeu.

Lição 41

lembre-se de caminhar com passos vigorosos e não vaguear pelas ruas nem demorar horas olhando para as vitrines das lojas

Regressa ao café no Soho, sozinha, ao longo do mês de setembro, e de outubro, e ele nunca volta.

Numa segunda-feira de sol frio, uma moça está ao seu lado. Lê as páginas de sexo da revista *The Face*; está definitivamente sozinha, como se este café fosse o escritório dela e se sentisse à vontade na sua pele desde sempre. Gostaria de sentir o mesmo. Compra a *The Face* na volta para casa, envergonhando-se quando o vendedor recebe o seu dinheiro. Nunca mais voltará àquela loja, não é aquela moça.

Nessa noite, sozinha, no quarto, palavras que nunca ouviu antes:

Californicar: copular despudoradamente em todas as posições possíveis e imagináveis. Cachorro com chili: defecar no peito de uma mulher, depois masturbar-se entre as mamas. Cadeia de margaridas: uma série de pessoas ligadas por sexo oral. Inundar a caverna: urinar dentro da vagina da parceira. Sexo oral cantarolando: fazer sexo oral cantarolando uma melodia. De vez em quando fecha a revista e alisa a capa, coloca-a no fundo da gaveta da sua mesinha de cabeceira, verifica se está bem escondida.

Repugnada. Horrorizada. Molhada.

Pensando na mulher sentada no café e no homem que nunca voltou. Pensando em sexo anônimo, descomplicado. Excitando-se com tudo isso, agora, em vez de descansar e adormecer; querendo tudo isso na sua vida.

Lição 42

toda a mulher dita a sua própria moda

No dia seguinte, no café, é como uma anêmona desenrolando os tentáculos no apelo sedoso da água, porque decidiu que nos próximos seis meses vai viver a sua vida de maneira diferente da que viveu até aqui: de forma indulgente, egoísta, determinada, antes que o casamento e a maternidade desmoronem sobre você. Sonha em ser fiel apenas ao seu próprio prazer, sonha, com renovado entusiasmo, em encontrar uma foda satisfatória. Se algum dia tiver coragem para o fazer.

Andou pulando de cama em cama, no seu último ano da faculdade, impelida pela ideia de se lançar no mundo sem qualquer experiência sexual, uma virgem aos vinte e dois anos, cheia de vergonha e desprezo perante esse fato não consumado.

Tinha uma certa inocência então, com vinte e poucos anos. Podia passar por uma jovem de dezesseis, ainda precisando ser ensinada, o seu rosto ainda não tinha se adaptado. Portanto, num sábado à noite, na casa de uma amiga, se embriagou e se encheu de coragem, precisava resolver o assunto. Havia um homem ao seu lado na entrada; era mais alto do que você, tinha pele clara, ele servia. Todos os outros estavam concentrados num episódio duplo de *The Young Ones*, nem dariam pela sua ausência.

Inspirou fundo: quer ir lá para cima, perguntou.

O quê, disse ele, aproximando-se.

Vamos lá para cima, anda.

Pegou-lhe na mão; ele não fazia ideia que o seu coração batia desenfreado. Nunca mais o viu, não quis, esqueceu rapidamente o seu nome. Seguiram-se muitos. Mordiam sempre a isca, pensando que era você, na realidade, a presa, sem perceberem que a menina com cara de quem precisava ser ensinada se tornara colecionadora, uma arquivista de experiências sexuais. Todas desapontantes: muito secas, dolorosas, anticlimáticas, desajeitadas, frouxas.

Resolveu experimentar outra coisa. Um homem mais velho. O seu vizinho, o designer gráfico que nunca se firmou na vida. A diferença de idades era de dezenove anos. Foi pior. Ele pertencia a uma era em que o sexo era meramente para satisfação do homem; pensava que uma boa foda era martelar vigorosamente enquanto você ficava quietinha pensando no bem da nação; achava que os preservativos eram uma piada. Disse-te, depois, enquanto passava a sua barriga lisinha, que não era capaz de se deitar com uma mulher com mais de trinta anos, não gostava suficientemente delas para o fazer: a pele flácida do pescoço, as rugas na cara, os corpos se alargando para os lados. Mas você conhece outra razão, agora; porque por essa altura as mulheres já perderam a sua docilidade, têm percepção, sabem demais.

E também elas querem coisas.

Portanto, não houve faísca. A Theo, entretanto, parecia ir de vento em popa no campo dos homens e da vida em geral. Para você, o melhor instante era sempre o da expectativa, o prazer de dar aos homens o que eles queriam e assim que as roupas caíam perdia-se qualquer coisa. Pareciam sempre duas pessoas tentando estabelecer ligação, mas que falhavam redondamente, e havia nisso um abismo de solidão e, anos depois, desistiu e mergulhou no seu mundo de sonho todas as noites. E os seus vinte anos passaram.

Se por acaso fazia amor, os seus pensamentos a excitavam mais do que o toque do homem. Ele nunca sabia que não era o centro da sua atenção enquanto estava em cima de você, que estava apenas ligando o filme dentro da sua cabeça. Enquanto a penetrava, sua atenção desviava-se para uma imagem que desencadeasse o seu prazer. Pouco ou nada tinha a ver com a pessoa que fazia amor contigo. Nunca considerou o sexo sensual; talvez surgisse com o próximo homem ou com o outro a seguir, mas nunca fez combustão dentro de você. Por que tanto estardalhaço?

Tinha muito mais jeito para esse tipo de sexo, sozinha, dentro da sua cabeça.

Lição 43

a lei para todos é primeiro o dever e só depois o prazer

O que você quer:

As luzes apagadas. Um toque que seja suave, lento, provocante, que a empolgue, que a faça desejá-lo mais. Um orgasmo; não precisa ser em simultâneo com o homem, basta um orgasmo só para você saber do que todo mundo fala. Olhos nos olhos. Ejaculação rápida, que não nas suas mamas ou na sua cara. Um abraço depois, pele contra pele. Sexo oral, precisamente onde você pede, durante todo o tempo que quiser, com a suavidade e a lentidão que desejar. Sexo descomplicado, sem compromisso, em que o homem fará exatamente o que você quer. Reivindicar felicidade para si mesma: está habituada a concentrar-se no prazer do seu parceiro, à custa do seu.

O que você não quer:

Chupar um pênis. Cheiro de fumo e bolor. Uma língua dentro do seu ouvido. Roupa íntima com fio que entra ou tangas ou estilo tigreza ou rendas. Que o sexo vaginal se prolongue demasiado tempo. Uma metida com tanta força que arda, magoe. Engolir. Mamar nos seus seios, lamberos seus seios, seja o que for nos seus seios. Que perguntem *o que pensa*. Que te enfiem quando está cansada, suja, seca. Que te imobilizem. Pressa para entrar. Um pênis extremamente grande. Gritos no clímax, ou gemidos, ou qualquer expressão do gênero "aah, sim, querida" e "força". Que te virem as costas depois do orgasmo com grande prontidão. Ser posta na rua bem depressa.

O que adora:

A curvatura do pé, os ossos, espalhados como as pontas de um ancinho. Unhas largas, curtas, limpas. Pulsos à Michelangelo. Higiene. A sua nuca acariciada. As suas pálpebras beijadas. Aconchego por debaixo dos lençóis. Roupas despidas lentamente, com uma expectativa requintada. Encostarem-se em uma parede fria e lisa. O som da respiração de um amante junto da sua orelha. Os seus cabelos puxados para trás quando ele está dentro de você. O seu nome dito em voz alta antes dele gozar. Ligação, uma sacralidade pairando entre vocês os dois. Sedução lenta, intrigante, única, através de lisonja, gestos extravagantes, texto: fragmentos de poemas rabiscados em guardanapos, e-mails sujos que nunca deviam ser enviados, cartas de amor escritas em bilhetes do metrô, um verso feito com batom nas suas costas enquanto dorme, escrito de trás para a frente, para que você possa o ler no espelho; ah sim, tudo isso.

Lição 44

se tiver um cachorro e nunca levá-lo para passear, o coitado vai latir e uivar terrivelmente

O Cole tem um presente. Não te dá presentes há tanto tempo, desde Marraquexe, em que ganhou chocolates, revistas e joias dos *souks*. Protesta mas sorri, é mais forte do que você, porque indica um degelo, um suave regresso a uma via mais fácil. Os dois sentem, que o tempo está suavizando as coisas. É o que vocês dois desejam.

É um envelope. Desliza os dedos por baixo da orelha pesada, cor de creme.

Inscrição particular na Biblioteca de Londres. A biblioteca dos escritores. É bastante irônico, devastador, hábil e o seu coração incha de luz e culpa. O seu marido está te chantageando com generosidade e você sabe exatamente o que fará, porque a biblioteca dos escritores poderá, eventualmente, ser frequentada por um ator que ande fazendo pesquisa para um roteiro, talvez.

Achei que talvez te desse um empurrãozinho, diz Cole. Para o livro.

Ah, o livro.

Porque lhe disse que, um dia, gostaria de pegar no seu ousado texto do século XVII e fazer alguma coisa com ele.

Foi uma das razões pelas quais ele insistiu tanto que deixasse a escravidão do ensino, para experimentar algo que sempre quis fazer — embora às vezes desconfie de que ele estava apenas querendo guardar você só para ele. Mostrou-lhe o trecho em que a autora dizia que as mulheres casavam não por prazer, mas pela reprodução; e a conclusão dela de que as mulheres de homens estéreis devem poder dormir com outros homens saudáveis e carnais. Não é uma maravilha, lembra-se de ter dito brincando, quando é que posso começar? E o Cole te pegou com firmeza no braço e te deu uma palmada, daquelas que ardem, na bunda.

Para o armário. Já.

E você riu, riu, riu.

Disse ao Cole que havia um romance em potencial no texto, ou quem sabe uma história pessoal, com aquele tipo de intimidade que abre brechas nas vidas privadas. Soube bem contar-lhe, como se desse algum peso à sua própria vida. Agora, porém, não está certa de realmente estar falando sério.

Mas ele não se esqueceu.

Ninguém, a não ser o seu marido, sabe da cautela que rege a essência da sua vida. A sua vida de adulta tem sido um progressivo retiro da curiosidade e do espanto, uma infindável série de atrasos e adiamentos. Queria ser tanta coisa, antigamente, mas a vida teimou em intrometer-se. Brilhou no seu curso de Jornalismo, mas nunca foi suficientemente ambiciosa para uma redação. Tinha pavor dos telefonemas frios, de invadir a vida das pessoas. Fez um mestrado e deixou-se levar pelo ensino e sempre duvidou das suas capacidades: dizia *não deveria ser outra pessoa*, quando os seus colegas te desafiavam a candidatar-se a um cargo mais alto; perguntava: *eu? Sério?* Quando te ofereciam uma promoção, nunca insistia num aumento de salário. Acomodava-se. Esquivava-se à criatividade, ao voo, ao risco, nunca teve coragem de dar asas a um sonho, qualquer sonho.

E agora leva o envelope aos lábios, sorri e beija o seu marido na testa. Irá à biblioteca amanhã, diz que é o presente perfeito. Não lhe diz que vai à procura de um homem muito bem-vestido, com uma nuca bonita. Porque o Cole está lhe seduzindo com cortesia e você quer que ele saiba que lhe está muito grata.

Mas por dentro sente-se patinando, cheia de luz e culpa.

Sabe o que a Theo faria nessa situação. Interroga-se em relação à sua esposa isabelina. Se ela alguma vez aplicaria na prática a sua teoria, se seria assim tão corajosa, ou estúpida. Indulgente. Egoísta. Ousada.

Lição 45

Deus dá o pão mas não amassa a farinha

A Biblioteca de Londres detém o seu tempo, lhe arrasta para as suas ricas e sombrias profundezas e lhe prende ali, cativa, distraída e perdida. Arranja um lugar para escrever na velha sala das enciclopédias; incrustradas no chão estão discretas tomadas para ligar os cnotebooks. O seu pequeno volume está recatadamente pousado na sua mesa, com a sua reluzente capa de couro cor de café e acabamentos gastos. E as suas declarações chocantes, no seu punho firme e certinho.

Eva era superior a Adão. Eva tinha menos pecados do que Adão.

Um marido almejava tê-las, não para serem esposas, mas para se tornarem mães. Pois sabem que a salvação das mulheres reside na reprodução.

Sabei que um homem, que sendo demasiado velho, estéril, débil e frágil, deverá ter a delicadeza e cortesia de permitir que a sua esposa o substitua por outro homem mais apto, para que possa ser fecundada.

As mulheres detêm o poder sobre os homens.

Por que é que a autora se sentiu forçada a escrever aquelas coisas? O que é esse distanciamento, essa escoriação dentro de você? Por que teima em fazer coisas que não quer, agora que está mergulhada nesta relação? Tolerou tanto antes, sob o brilho do novo amor, agora não. Por que se sente mais forte e serena quando está sozinha, ao ponto de não querer o seu marido por muito tempo perto de você? Todos sempre te consideraram uma excelente candidata ao papel de esposa; é complacente e boa companhia, suporta, com entusiasmo fingido, jantares com os sogros, filmes de ação, coquetéis com clientes. Se eles soubessem da sua inquietude, as palmadinhas no seu cotovelo, os puxões na sua saia.

Não sabe o que fazer ao certo com o livro, no início, é como se caminhasse debaixo da água. Mas você há de ter alguma ideia. E tem muitas distrações — revistas, jornais e a internet e procurar o Gabriel, sempre te resta essa possibilidade.

Especialmente na sala de leitura, à hora do almoço, ele não vai aparecer.

O espaço é alegre, cheio de luz das janelas altas e sussurros de celebração, carregado de academismo e sono. Poltronas antigas de couro alinham-se em fila, num repouso imponente, os seus bojos encostando no chão. Começa a conhecer os visitantes habituais. O velhinho elegantemente vestido que coloca um lenço de linho branco no assento antes de conseguir se sentar, muito devagar. O homem corpulento sempre dormindo, com a cabeça caída para trás, a boca aberta, as mãos protetoramente cruzadas sobre um livro ao peito, como a Bíblia de um morto colocada pela viúva. A mulher discreta que chega todos os dias pontualmente ao meio-dia e se ajoelha no chão ao lado de um homem que está lendo e repousa a cabeça nos joelhos dele. Os dedos do homem escovam, distraidamente, os cabelos dela e não falam durante meia hora e depois partem e o seu coração se enche de ternura pelo que eles têm enquanto casal — porque você também teve isso um dia — e depois se contrai pelo que eles, um dia, se tornarão.

A biblioteca te dá uma sensação de trabalho, sustenta a sua vida. Veste-se como se fosse trabalhar; não é a única que o faz. Um senhor de meia-idade, de terno em risca de giz, limita-se a ler o *The Times* todos os dias de fio a pavio e desconfia de que, por detrás dos colarinhos e punhos cor de creme engomados, se encontra uma mulher e pergunta-se quanto anos mais ele aguentará o casamento.

Em pouco tempo, passa a frequentar vorazmente a biblioteca, quer a sua dose diária, precisa dela como precisava do seu café antigamente. No sufoco de Londres, no meio da sua energia suja e musculosa, o edifício estreito é um refúgio e um bálsamo. E procura, sempre. Porque está infectada pela memória do Gabriel e sente, com uma estranha certeza, que ele virá.

Lição 46

as pessoas preguiçosas que preferem se refugiar em casa contraem frequentemente doenças

A sala dos computadores da biblioteca, de onde envia e-mails aos seus amigos e vira os jornais do avesso à procura de fofocas do mundo do espetáculo: os últimos casamentos que desmoronaram, os melhores e piores vestidos de recentes cerimônias de entrega de prêmios, gravidezes em Hollywood, detenções. Está sentada em uma mesa com os sapatos descalços e os joelhos puxados para cima — tem qualquer coisa a ver com ser novamente jovem, com viver uma vida mais vívida.

Um homem espia distraído por cima do seu ombro, tentando ler o que você está lendo, e você olha para cima, assustada. Pergunta se quer ir tomar um drinque com alguns dos frequentadores depois do trabalho. Olha à sua volta, para as outras seis pessoas presentes na sala e percebe que todas se conhecem, formam um grupo. Instintivamente prepara-se para dizer que não, é um hábito seu recusar a segunda xícara de chá, o lugar no metrô, a bebida depois do trabalho. Mas algo, desta vez, te detém.

Sim, com muito prazer.

O homem sorri. Olha de relance para a sua aliança, por acaso, entre os seus variados anéis. Olha para ele como se fosse pela primeira vez. Está ficando prematuramente careca, com o pouco cabelo colado à cabeça. Veste uma calça preta de luxuriante veludo que destoa da camisa listrada. Mais novo do que imaginava, há umas semanas, a distância, mais atraente do que pensava. Sabe imediatamente que nunca iria para a cama com ele, é um jogo mental que faz com todos os homens que conhece. Não é só o veludo, pura e simplesmente não faz o seu gênero. Não fará o seu lábio tremer, não lhe fará corar, não lhe fará ficar sem jeito. Sorri-lhe calorosamente; pode descontrair-se.

Lição 47

toda menina sabe dançar e deve aprender a fazer isso muito bem

No pub, estão três homens e uma mulher e num abrir e fechar de olhos está lhes contando muito mais do que queria, desejosa de contato, ligeiramente embriagada. Nada sabem sobre você. É empolgante, como ir viver em um país estrangeiro onde ninguém conhece o seu passado; pode inventar-se à medida que vai vivendo. Enquanto explica o seu livro, torna-se uma autoridade, confiante, espirituosa, eficiente e faíscam planos para o projeto. Fala sobre a esposa obediente escrevendo em segredo, pela noite adentro, percorrendo rápido a sua caneta página atrás de página, escondendo-as quando ouve o marido à porta, abrindo a Bíblia e acalmando o rosto com as pontas dos dedos sobre as faces coradas. Insinuando junto do amante que está escrevendo um livro, porque ela tem forçosamente um amante; sim, sim, tem um amante.

O marido descobre. Arrasta-a pelos cabelos para dentro do armário e tranca-a, tapa os ouvidos com as mãos para abafar os gritos; ela pede misericórdia, ele não fala. Por fim, passados muitos dias, os gritos dela tornam-se gemidos, esmorecem. O amante nunca chega a saber o que aconteceu. A criada diz a ele que a mulher foi levada para um severo e distante convento; ele não consegue encontrá-la, procura-a de uma ponta à outra do país. E nunca chega a saber se ela realmente o amava, ou se tudo não passara de uma invenção. Morre destroçado. O mesmo acontece ao marido.

Talvez, talvez.

A noite termina de maneira magnífica. O grupo não precisa saber que vai voltar para casa, para um apartamento silencioso. Observa, assombrada, a mulher em que se tornou, insistindo em pagar a próxima rodada e depois perguntando quando vai ser o próximo encontro.

Amanhã, diz o homem das calças de veludo. Aliás, quase todas as noites.

Então, até lá; apressa-se para sair, como se fosse a caminho de outra coisa qualquer. A sensação da ilusão, triunfalmente executada, sustenta-lhe rua abaixo.

Lição 48

Saber o que é certo é bom, mas fazer a coisa certa é ainda melhor

Domingo seguinte.

Folheia as revistas dos jornais. Depara-se com a coluna da Theo. Desde Marraquexe que não consegue lê-la, até agora. Tem jogado essa seção no cesto de lixo antes que o Cole possa sequer vê-la.

Essa semana, o tipo de pergunta é o mesmo de sempre:

Querida Dr.ª Theo: O meu novo namorado anda frustrado. Adora que eu faça sexo sentada em cima dele, mas sinto-me bastante envergonhada; paralisada. Estou achando que ele é louco! Reclama que só ele é que está se esforçando.

Querida Paralisada: Ah, sim, sexo com a mulher em cima do homem! Pode ser magnífico, mas só se não tiver inibições em relação ao seu corpo. Se a mulher não se sente à vontade com o seu próprio corpo, essa posição deixa-a extremamente vulnerável. Portanto, o que fazer? Bom, minha menina, precisa se habituar a uma nudez descontraída na presença do seu namorado. Se esse for um passo muito grande para dar agora, por que é que não experimenta vestir uma das camisas dele? Os homens adoram isso.

Querida Dr.ª Theo: O meu ex-marido demorava uma eternidade para atingir o clímax e eu estou preocupada que o problema fosse falta de compressão da minha parte. Será possível que eu tenha a vagina excessivamente larga?

Querida Preocupada: Sabe que mais? Talvez o seu ex gostasse simplesmente de saborear a experiência. Alguma vez já lhe perguntou? Nós, mulheres, nunca fazemos todas as perguntas! Alguns exercícios simples podem ajudar a fortalecer os músculos da sua pélvis — para descobrir quais são, reprima a urina quando estiver fazendo xixi. Se os exercitar com regularidade, conseguirá apertar os seus homens com uma força deliciosa!

Costumava ler os textos dela, porque era isso que ela esperava de você, mas nunca os aplicou na sua vida; serviam para rir um bocado, mais nada. A sua mãe devorava-os insaciavelmente. Sempre te pareceu ligeiramente obsceno que uma mulher já na menopausa os apreciasse tanto. Ficou desconsolada quando lhe contou que a Theo inventava a maior parte das cartas.

Mas depois de uma pergunta sobre um amante com quem o sexo era excelente e se isso bastava para deixar o marido e os dois filhos, a Theo escreve uma resposta severa e condenadora:

Não, não basta. E lembre-se que uma pessoa forte é aquela que tem a coragem de terminar uma relação que não está funcionando, antes de embarcar numa relação nova. Os fracos é que enganam os outros.

Tem o coração aos pulos enquanto lê. Joga a revista no lixo. Como é que ela se atreve a escrever uma coisa daquelas; como é que se atreve a fingir publicamente que é irrepreensível; outra pessoa qualquer. E a quem é que ela se está se dirigindo? Ao Cole? A você, para despistá-la? As mulheres têm tanto jeito para travarem uma luta com sutileza, são engenhosas, clandestinas, peritas em desculpar o traidor. E é geralmente contra outras mulheres que lutam, não contra os homens.

Lição 49

a parafina é altamente inflamável

Limita os seus "serões" com os escritores para uma, porventura, duas vezes por semana; não te parece correto que uma mulher casada saia todas as noites. O Cole mostrou-se alegre quando lhe contou dos encontros; achou que era um novo passatempo para você, uma maneira de abrir a sua vida. Teve o cuidado de lhe dizer que todos os homens eram comprometidos, com namorados, namoradas ou esposas.

Uma sexta-feira à noite. São oito, ao todo, no pub; vieram todos da biblioteca com os notebooks e papéis dentro de bolsas a tiracolo. E eis que aparece mais um homem e o grupo exclama e estica os braços.

Ele cora ao te ver e todos olham para você com novos olhos. A nova *persona* dissolve-se em três tempos, naquele instante em que o vê, regressa à sua velha personalidade: o seu lábio superior treme ao cumprimentá-lo.

Nós já nos conhecemos, diz Gabriel, interrogando-te com o olhar.

Como é que vai? A sua voz está rouca, estas quatro palavras são as únicas que consegue proferir.

Ele veio só tomar um copo e o restante do grupo quer saber como ele está, onde é que se meteu e quando é que vai comprar um computador e entrar no século XXI como todo mundo. Você fica de lado, observando. Fica espantada, novamente, com aquela suavidade peculiar, a timidez, ainda. Esteve em Los Angeles, em testes de elenco para a temporada dos programas-piloto, é onde todos os atores ingleses vão parar nesta época do ano, e depois passou por Roma e também por Barcelona, um casamento de família, e ele fala educada e afavelmente, mas preferia de longe falar sobre outra coisa. Percebe-se isso, ele não tem jeito para grupos grandes. Fica espantada, novamente, com os cabelos lavados e a pequena lacuna atrás da orelha, a pele tão branca. Quer lambê-la. Aperta as coxas quando ele se debruça sobre você para chegar ao balcão, para pagar o seu copo de vinho e não cerveja como os demais. Mais um conjunto de roupas, claro, como se nunca lhe passasse pela cabeça vestir outra coisa, como se fosse sempre visitar a mãe e à igreja. Nenhuma pessoa na sua vida vai à igreja. Os conjuntos têm um ar de estação passada; talvez seja o estilo peculiar dele, ou talvez fossem do pai, ou talvez ele seja mais pobre do que pensava. Há tantas coisas para perguntar.

Ele não se dá ao trabalho de se encaixar na sociedade. Por que é que haveria de andar sempre de conjuntos, escrever à mão e desaparecer durante vários meses? É um homem muito afetuoso; é como uma rocha sobre a qual o sol incidiu durante tanto tempo, que ela reteve o calor.

Vê-lo como o único homem da família com muitas irmãs que o adoram, o filho tardio, o belíssimo erro: não tem a responsabilidade ou o peso de um filho mais velho. Tem tanta doçura. Concentrada no sorriso.

A sua respiração está toda errada, entrecortada e superficial, não consegue acalmá-la. Os outros gozam dizendo que está demorando muito tempo para concluir suas ideias.

Uma mulher chamada Martha lhe interrompe. Já reparou nela várias vezes: caminha com o semblante carregado, como se tivesse os punhos cerrados. Diz brincando que o Gabriel escreveu vinte e oito páginas e que são obra de um gênio, mas que demoraram onze meses para serem preparadas e todos os outros duvidam que saiam mais vinte e oito, e percebe nesse instante que não foi a única pessoa pega de surpresa.

Qual é o título, pergunta aos tropeções.

Ainda não sei.

O sorriso infantil dele, o encolher de ombros. Quer sair daquele bar, está tudo retórico, embaraçado e ruim. Ele corou ao te ver e isso deve querer dizer alguma coisa e você faz um esforço para acalmar a sua respiração e um mero gole de vinho transforma-se num trago voraz. Um por um, os outros se afastam, até Martha, Martha que fica sempre para trás, e finalmente, finalmente, vocês ficam sozinhos. Silêncio, por um instante, depois riso da parte de ambos.

Bem.

Bem.

Pede desculpa por não ter ligado, diz que perdeu o número do telefone, que ficou muito aborrecida e ainda que se odeia por estar lhe confessando isso. Mas ele se sente lisonjeado, deleitado, aliás. Ainda bem que ficou chateada, diz ele, faz com que eu me sinta melhor. E você olha para ele, tentando decifrá-lo: não está interessado em se defender.

Depois a conversa, uma hora ou duas ou em torno disso, de tudo e de nada, como você e o Cole costumavam conversar, na fase embriagada antes do primeiro coito, quando a amizade arrebentara e se transformara em outra coisa. A fase em que fodiam avidamente, em que caíam exaustos no fim esmorecedor de uma noite e retomavam na seguinte. Em que quanto mais sexo tinham, mais queriam, porque todas as rodas dentadas dentro de você estavam lubrificadas. Antes da familiaridade, da exaustão e do estresse os terem desanimado e quanto menos tinham, menos queriam. Até que pararam.

Não quer que isso aconteça com o Gabriel.

Ele faz com que você se sinta tão viva, só de estar perto dele. Sempre adorou pessoas assim: pessoas que te alegram o espírito e não que te deprimem. Ele te faz rir novamente, com os seus olhos. Fala como se esta fosse a última vez e o tempo fosse escasso e precisasse saber tudo, agora, antes que seja demasiado tarde.

Como é que correu, em Los Angeles?

Não sei. Nunca sei. Estou constantemente ouvindo dizer que fui a segunda opção. A lista de fracassos é muito extensa.

Não há raiva, frustração, rancor; talvez a delicadeza seja uma defesa extremamente suave, mas desconfia que o seu Gabriel não tem lá muito jeito para abrir caminho na vida. Será uma coisa assim tão má? Atualmente, todo mundo parece ter talento para agarrar as oportunidades, sobretudo Theo; a vida dela é uma infindável caça aos melhores negócios, vantagens, saldos, nada de raro e desejável escapa ao vigor das suas garras. O Gabriel se contenta em deixar passar as oportunidades. Tem um caráter iluminado que te faz querer protegê-lo e preservar o que ele tem.

Quando escuta, inclina a cabeça para o lado. Diz *interessante* no fim das suas frases com muita frequência; saboreando o que diz. Está ávido por te conhecer. Costumava ser assim, com os desconhecidos, em festas, casamentos e encontros às cegas, nessa época tinha o zelo de um colecionador, disparava perguntas mas se preservava das mesmas. Antes de tudo ter sido soterrado pelo algodão da complacência, e por Cole, e já ninguém te despertar tanto interesse. Gabriel quer saber o que pensa, está te dando espaço na conversa, o que é refrescante em um homem. Responde como uma criança abandonada a quem é dada atenção. E se transforma em outra pessoa.

Ele faz você se sentir linda. Desejada. Confiante. Única. Cole nunca te vê sob esse prisma, adora te dizer como está, como é; fechando-a numa caixa.

Ao fim da noite despede-se de Gabriel — sem beijos, apenas um roçar na face quente — e desce a rua a pé, impelida por um pico bem alto, é como se fosse capaz de saltar e tocar no céu. Tem o número do telefone dele e ele tem o seu e no metrô, mais uma vez, unge o pedaço de papel com os seus lábios.

Este não perderá.

Lição 50

colocar lençóis úmidos numa cama é um ato quase tão criminoso como um assassinato

Uma luz por debaixo da porta da rua. Costuma ser a primeira a chegar em casa — tenta fazer uma cara sóbria. Cole pergunta onde você esteve e diz na biblioteca, fica aberta até tarde na quarta-feira, já se esqueceu? Está bem, diz ele, fico contente por estar tirando proveito do cartão. Levanta os olhos do *Evening Standard*: adora o seu lado fofoqueiro e urbano tanto quanto você. Olha, tem duas manchas vermelhas nas bochechas, diz ele, como um palhaço.

É do frio, está ficando frio, não está sentindo?

A facilidade com que a mentira sai da sua boca é espantosa, tão suave e rapidamente. Porque a confiança do seu marido em você está amarrada como uma boia a um bloco de cimento; é a boa esposa, todo mundo sabe disso. As palmas das suas mãos voam para a sua face para esconder o calor e olha para o Cole pensando, nesse instante, o quão fácil seria fazer o que quisesse e, de repente, a generosidade e confiança dele parecem devastadoras a você. Pensa, nesse momento, que talvez ele nunca tenha tido um caso com a Theo. É tão difícil de imaginar, ao vê-lo sentado sem casaco com o jornal, azeitonas e cerveja. Brinca com a ideia, pela primeiríssima vez, de que talvez ele tenha dito a verdade desde o início. Nunca se defendeu devidamente da suspeita, mas talvez não pudesse fazê-lo: a sua mente estava decidida. O tempo começa a ressaltar os detalhes e, de repente, lhe surge a dúvida: o que ouviu, o que decidiu tão depressa. Talvez, talvez estivesse errada.

Nessa noite, pousa a mão no peito do Cole enquanto ele dorme ao seu lado e prende as suas batidas cardíacas na sua mão, como um copo sobre uma sanguessuga. Não consegue dormir, não consegue dormir. Se cometer adultério na sua cabeça, está começando a rejeitar o seu marido, o seu casamento e a sua vida até aí? Ou prendendo-se a eles? E se for esse o caso, como é que o casamento se torna, novamente, quente e rico?

Precisa de uma desculpa?

Nunca mente. Exceto para dizer aos amantes que teve um orgasmo ou às suas amigas que adora o novo corte de cabelo delas e nada disso conta, faz apenas para confortar e proteger. Não rouba. Não dorme com outros. Mas pensa nisso. Sempre foi suficiente, pensar simplesmente, imaginar-se na cama com todos os homens que conhece.

Que necessidade imperativa tem dentro de você, pergunta-se.

Por que é que ansiamos pelas coisas que não devemos, pergunta-se.

Lição 51

podemos sempre encontrar um Inspetor da Moral e dos Bons Costumes numa carta

Mais uma coluna da Theo. Sente-se intrigada e repelida. Não devia lê-las, sabe que vão te magoar; não consegue parar.

Como seria de se esperar, traz mais uma referência ao adultério. Encaminhada numa pergunta sobre um namorado que é infiel mas que faz excelente sexo oral, e a leitora deseja que ele seja monogâmico e isso todas as noites, porque é muito delicioso para deixar de lado. E como é que ela pode tê-lo só para si?

Querida Afogada em Delícias: A boa notícia é que qualquer homem pode aprender a fazer excelente sexo oral. Dobre a mão dele na sua e diga-lhe para imaginar que as pontas são as dobras da sua carne e depois mostre-lhe com a língua, respiração e dedos exatamente o que quer. Garanto-lhe que resulta. Mas, querida Afogada, temo que não valha a pena preservar esse namorado. Como é que pode esperar uma relação de compromisso de alguém que foi infiel no passado?

Uma relação de compromisso. Sei. O que ela sabe sobre relações de compromisso?

Amassa a revista. Ousa dizer ao Cole que a coluna da Theo é uma porcaria, como o resto do jornal para o qual ela escreve: talvez essa opinião sua lhe chegue aos ouvidos. Não se importava nada que ela soubesse que você não a lê, que as suas astuciosas mensagens não estão surtindo efeito.

Querida, eu sei que o jornal é uma porcaria, diz Cole. Só o comprava por sua causa.

Pois então não precisa mais, diz irritada. Já não gosto de lê-lo.

Está bem, como quiser, responde Cole em tom calmo e aproxima-se e abre o roupão, te convidando a entrar. É um velho gesto que sempre adorou. Liberta toda a sua tensão, o seu corpo todo se descontrai nele.

Lição 52

a alegria é uma qualidade cativante numa enfermeira

O novembro hesitante transforma-se em inverno e as duas manchas vermelhas marcam a sua face, com frequência, agora. Fica com o coração na boca sempre que a voz do Gabriel surge ao telefone, o seu estômago se revira e depois de pousar o telefone com um clique no descanso, corre pela sala e salta para o teto, dá uma pancada nos globos de papel que recobrem as lâmpadas e solta um grito estridente para o céu. É delicioso e assustador viver assim novamente; tão jovem, tão passado. Nunca pensou que essa sensação no estômago regressasse à sua vida, que estivesse à espera de despertar, independentemente da sua idade.

Toma café com ele. Vão ao cinema às duas da tarde, matinês de teatro, palestras no Teatro Nacional. Ele ficou todo satisfeito por ter carro, quer percorrer Londres como um turista; vamos explorar a História, diz ele. Vão aos Kew Gardens e ao Alexandra Palace, à Chiswick House e a Hampton Court. Ele quer dirigir, você deixa. É como uma criança com um brinquedo, nunca teve um automóvel antes. Leva a você ao seu espaço preferido, a Sala Rothko na Tate Modern, e depois disso você o arrasta para a seção Corpo — vamos lá, só para dar uma olhada! — e veem uma pintura de Duchamp em vidro e ele observa o seu ar intrigado diante da obra: é tão estranha, não consegue interpretá-la.

Que foi, pergunta, ao ver o olhar fixo dele, sai daqui, para, riu. E *você*, entende o que é?

Não. E ele se afasta, rindo, as mãos levantadas para o ar num gesto de desistência.

Ele está sempre levantando do assento para ceder o lugar aos velhinhos no metrô, se metendo na conversa dos empregados do café e ajudando mães com os carrinhos de bebê nos degraus. Todas as coisas que devia fazer, mas não faz; todas as coisas que nunca passariam sequer pela cabeça do Cole. É tão solidário, calmo, descontraído. As pessoas não são assim. Parece, quase, ingenuidade. Como é que ele consegue sobreviver neste mundo? É um homem sem desprezo, e o Cole, claro, é tudo menos isso. É como se todas as dificuldades que advêm de se viver em Londres ainda não tivessem influenciado ele.

Muitas vezes, com peso na consciência, lancham na sua casa e o Gabriel põe o lixo lá fora no fim, sem lhe pedir, uma pequena cortesia, e no entanto enorme, porque com o Cole tem sempre que insistir para ele o fazer. Foi uma sensação tão estranha tê-lo no seu espaço pela primeira vez, limitou-se a observar: a sua silhueta esguia, tão exoticamente moreno, o conjunto com as mangas da camisa a espreitarem nos punhos, os sapatos tortos com um pedaço de cartão tapando o buraco da sola porque, disse ele, o Charlie Chaplin costumava fazer o mesmo e dava certo. Passeou pela sala com as mãos satisfeitas atrás das costas, olhando para fotografias de casamento emolduradas,

CD's e livros; recolhendo provas de como você vive a sua vida. E como o Cole vive. Fez perguntas sobre ele, como se tivesse uma curiosidade infinita sobre essa questão do casamento.

Cozinha o jantar para ele?

De vez em quando.

Costuma usar avental?

Não.

Ele está gostando disso, está sorrindo, os olhos desaparecem-lhe em estreitas ranhuras: adora quando ele sorri assim, tão por inteiro.

Passa suas camisas?

Não.

De manhã, quando ele sai de casa, despede-se dele com um beijo no rosto?

Não. Não. Não, abana a cabeça, ri.

Ele abre as portas para você passar, compra o seu bilhete de metrô, paga as contas do café, não deixaria que fosse de outro modo. São dias e dias de pequenas gentilezas, cada uma com uma breve carga erótica, e são sempre retribuídas agora — dar-lhe a mão, puxá-lo a contragosto, abraçá-lo com prazer —, porque a criança em você está voltando, aos pulos. E às vezes não usa roupa íntima por baixo da sua saia pelo joelho e isso lhe dá prazer. É apenas uma pequenina coisa, para você, mas enorme; inimaginável, há um ano. Uma transgressão privada, mas nem por isso menos excitante.

Já não anseia pelo projeto do livro. Não tem vontade de ligar para as suas antigas colegas de trabalho, apesar da promessa quando foi embora. Nada lhe entusiasma a não ser esses instantes com o Gabriel. Está adorando o toque sedoso da distração, cortejar a possibilidade e se descontrair no jogo. Quando vão, de fato, à biblioteca, há diversões e divagações que se prologam por capítulos arrancados das prateleiras curvadas e às vezes, numa tarde dourada, um livro inteiro de contos de fadas ou um romance que sempre quis ler. São atraídos para os recantos sombrios da biblioteca, para velhos manuais de culinária e estranhos textos instrutivos para donas de casa vitorianas que acompanham os maridos às colônias. É atraída para o Gabriel, à sua mesa, distraindo-o do seu próprio trabalho mole.

Não têm um mundo em comum, além do tempo que passam juntos. Existem na vida dele períodos de que nada sabe, ele esquiva-se sempre às suas perguntas e desvia as atenções novamente para você. Usa os seus próprios truques, reconhece-os tão bem. É infinitamente curioso mas não está disposto a satisfazer a sua própria curiosidade.

Qual é a atração das touradas, pergunta depois de um filme do Almodóvar, e pega-lhe nas duas palmas das mãos e procura novamente os segredos da vida dele.

Vamos à Espanha comigo, vamos assistir a uma corrida.

Adoraria, mas como?

Um encolher de ombros impotente. Nenhum dos dois se atreve a falar do que os restringe com a intensidade tão insistente como a da correnteza de um riacho, determinado, imparável, veloz. Quando ele se inclina para você há uma sensação arrepiante da proximidade de suas peles, da energia dele, da diferença dele. O tipo de comida diferente com que ele se alimenta, o sol diferente sob o qual cresceu, o céu diferente; está tudo carimbado na pele dele. É como a excitação que sente quando chega a um país pela primeira vez, sai do aeroporto e a estranheza de tudo ataca os seus sentidos, porque o Gabriel parece tão fresco, fascinante e único, um novo território a explorar; se um dia se atrever a pousar os dedos nas ancas dele quando ele se coloca à sua frente, se um dia se atrever a começar.

Lição 53

toda mulher feminina, que verdadeiramente compreende a sua missão, deseja ser uma agradável visão para os olhos dos seus semelhantes

O Cole sabe dele.

Insistiu em conhecer o novo grupo de amigos da biblioteca numa das reuniões para beber depois do trabalho, quis ir a seu contragosto. Como se quisesse controlar a sua nova vida; o preço a pagar pelo presente, talvez. Teve que dizer que sim.

O ator esconde medo, disse ele, quando se sentaram lado a lado no metrô a caminho de casa.

Por quê?

Está apaixonado por você, disse ele.

Por que é que diz isso? O suor brilhando na sua testa ,como acontece sempre que come muito chocolate.

Não sei, talvez tenha sido a maneira de olhar.

E Cole voltou a se concentrar no seu *Standard*. Seguro do seu feudo, sabendo implicitamente o tipo de homem de que gosta e não gosta. Presume sempre que te conhece tão bem: pede as bebidas para você sem te consultar, insiste para que experimente um determinado prato que tem a certeza de que vai gostar, grava programas de televisão que acha que você deve ver. E considera sempre esses gestos uma gentileza.

O Gabriel nunca presume nada, quer aprender.

Duas manchas vermelhas na sua face, com frequência, agora.

As suas unhas estão pintadas pela primeira vez em anos e você sempre se esquece e surpreende-se vendo pelo canto do olho os dedos de polvo, como se estivessem sobrecarregados por uma vida própria. Escreve numa caligrafia mais certinha com eles e come melhor e menos. Está emagrecendo, há um motivo agora, e cortou o cabelo curto porque quer que as pessoas vejam a nova luz no seu rosto. Põe lentes de contato. Sente-se mais forte com elas, mais arrojada. Tornara-se preguiçosa em tantas coisas, deixara de se esforçar. Sente-se mais radiante da cabeça aos pés, caminha com um brilho sutil.

O seu livro isabelino assume uma nova premência quando mergulha nas suas páginas:

Ela enfeita-se corajosamente para atrair o sim de todos os homens que a vejam. E quem não sabe como este engano dela deu frutos e quanto ela é enaltecida e louvada pelo mesmo.

Fecha o volume, trêmula, alisa a sua palma da mão sobre a sua capa. Esconde o livrinho na sua gaveta, de repente não quer que o Cole o veja pela casa, que folheie a subversão cor de cacau da sua bela caligrafia.

Está preparando a sua vida, mas para quê? Não sabe aonde irão parar tantos galanteios e telefonemas. Será que o Gabriel sente o mesmo que você? Não se atreve a pensar muito no futuro, porque não quer que isso derreta sob o calor da sua atenção, não quer que desapareça da sua vida.

Lição 54

em alguns casos é necessário mudar de meias e calças todos os dias

Ei, sussurra, inclinando a cabeça por cima da divisória de madeira da mesa, durante uma longa tarde na biblioteca. Estou morrendo de fome.

Vai embora, tenho que trabalhar.

Vamos logo.

Ele te atira a caneta, várias cabeças se levantam, alguém manda que se calem. Para o café, diz, pegando no braço dele com as duas mãos e puxando com força.

Onde é que vai?

Na cena principal. A tourada. Tenho que voltar para o trabalho.

O matador morre?

Não, agora nunca morrem.

Mas eu pensava que era como uma versão espanhola da roleta russa: alguém acaba sempre sendo derrubado.

Não, não, o esporte mudou, já não há a mesma tensão que costumava haver. O touro perde sempre. Agora os menores querem uma matança à Tarantino. Está perdendo toda a beleza.

A beleza, uma descarga erótica.

Então, como é que o touro *devia* morrer, pergunta.

Assim, e Gabriel debruça-se sobre a mesa do café e te acaricia a nuca, encontra o ponto vulnerável e te sussurra que é aí que o punhal é espetado, sente, aí mesmo, tem que ser certeiro, cortar a espinha dorsal, te diz que há uma magnificência no golpe certeiro e, enquanto fala, a sua pele fica arrepiada. Recosta-se na cadeira. Esfrega o pescoço. Estremece por ele, apertando os joelhos com força. O seu rosto ainda mantém uma certa inocência, aos trinta e seis anos podia passar por vinte e seis, alguém que ainda precisa de ser ensinada, com o seu casaco de malha curto, sapatilhas e saia pelos joelhos. Os músculos das suas coxas contraem-se com frequência, agora, durante almoços de domingo com os clientes do Cole, em jantares e em drinques com a família do seu marido; é distraída por um desejo, uma ânsia dolorosa, de que o Gabriel toque na sua vagina. *Vagina*. Sempre odiou essa palavra e, no entanto, de repente te excita; sorri, secretamente, ordinariamente, quando a pronuncia na sua cabeça.

E, no entanto, não consegue imaginar que algum dia cheguem a isso, porque a única vez que se beijaram — um beijo no rosto que fugiu do caminho, um adeus que foi muito distante, numa tarde escaldante — ele empinou a crista como um cavalo a ser domado. E sempre que a sua pele roça um toque ele se retrai, consegue senti-lo, o afastamento.

Lição 55

no final do ano deve certificar-se de que o canteiro da sua janela está limpo e ordenado

A escuridão é gananciosa agora, sufoca as tardes. O ano caminha depressa para o Natal. O Cole passa muito tempo fora, estabelecendo uma rede de contatos em festas institucionais: coquetéis em salas de estar da nata em Belgravia, estúdios em St. James e clubes privados no Soho. Pela primeira vez desde que o conhece ele não te pede para o acompanhar. Reconhece, agora, que não consegue te obrigar a fazer as coisas com a mesma facilidade de antes.

O Gabriel está na Espanha, com a sua numerosa família, não tem a certeza de quando voltará. Talvez passe por Praga depois, e novamente pela Grécia, para visitar um amigo. Não se sente abandonada porque está segura da sua volta; a relação retomará exatamente o mesmo ponto em que a deixaram. Existe um glamour na existência do Gabriel porque ele não existe cotidianamente. O seu contentamento com as suas poucas posses tem charme, a sua falta de empenho no emprego, o seu bater de asas constante para outro lugar qualquer; é tudo tão despudorado, irreverente, audaz, leve.

Diz a si mesma que não é crime tomar uma xícara de chá ou visitar uma galeria ou ter um coração aos pulos.

Diz a si mesma que o seu marido merece a sua infidelidade porque isso a mantém junto dele, mantém o casamento de vocês de pé, que é o que ambos querem.

Não irá mais longe do que isto. Não quer a culpa como uma doença.

Mas durante essas longas noites de dezembro se pergunta por que é que algumas pessoas sentem a compulsão de permitir que o caos invada as suas vidas. Para chamar a atenção? Compaixão? Amor, para que este seja reafirmado? Está fazendo isso tudo pelo Cole, talvez; para que ele torne a reparar em você, para que seja atencioso, o seu melhor amigo, como foi em outro tempo?

O Natal é suportado. Rapidamente arquivado.

Detesto esta coisa entre nós, diz Cole de repente, numa noite muito sossegada do Ano Novo.

Eu também.

Nada mais é dito, não precisa de ser dito, existe apenas um reconhecimento implícito de que vocês dois querem voltar aos velhos tempos. A noite é curiosamente reparadora embora ainda nada tenha sido resolvido, ainda. Às dez horas já estão ambos na cama. Cole embrulha o seu calor em você e você não o repele. Não consegue explicar por que é que o seu casamento funciona agora, mas funciona, o suficiente. O suficiente para não ter que recomeçar a sua vida em outra parte, em outro lugar, voltar para o trabalho na cidade universitária, repensar o plano de ter um bebê. Parou de interrogar Cole, em toda e qualquer oportunidade, sobre Theo, sobre o que aconteceu, porque aprendeu que invadir o mistério da mente um do outro será mais destrutivo para o casamento de vocês do que um mero deixar passar. Portanto, deixou passar. Para recuperar a sua vida. Para navegar de volta às águas tranquilas, se conseguir.

Janeiro. O Cole tem um trabalho em Atenas. É para um velho conhecido dono de uma frota marítima, um bilionário que coleciona nus pré-rafaelitas. Mas ele tem uma coisa diferente desta vez, um retrato da cintura para cima de uma magnífica Vênus medieval e não quer que ela saia de debaixo da sua vista. O Cole te mostrou as fotografias, fez o relatório do estado de conservação, a tinta está empolada e descascando. Tem vários estragos, retalhos de tela completamente desprovidos de tinta, e o Cole vai ter que levar a sua palete e pincéis e criar uma reprodução sem falhas. Está ansioso para pôr mãos à obra. A pele dela é pálida e fria, como se tivesse sido esculpida em mármore. Os mamilos são pequenos botões, como M&M's cor de carne, sem auréola, claro. Enrolada no seu longo pescoço tem uma cobra com escamas macias e luxuriantes como veludo negro.

O Cole vai estar fora durante três semanas e o seu verdadeiro eu vira-se para dentro, desta vez. Faz com que deseje que ao longo dos anos de relacionamento com o seu marido lhe tivesse mostrado mais da pessoa que é na verdade. Só consegue fazê-la sair quando ele não está em casa.

Isto.

A música bem alto, a *sua* música, todas as secretas canções pop da sua juventude, "Wuthering Heights", Blondie, a trilha sonora do *Nos tempos de brilhantina* e Nina Simone na sua melhor voz profunda, o tipo de música que ele odeia, estão todas reunidas em cassetes armazenados debaixo da cama como a caixa de chocolates secreta de uma pessoa que está fazendo dieta. Dança e canta desafinada, bem alto, embriagada com a solidão. Muda os móveis de lugar arrastando-os, poderia tornar este espaço perfeito se fosse só seu — fora com o televisor exageradamente grande, fora com as garrafas de uísque escocês e com os romances policiais de bancas de jornal! Não come mais nada a não ser biscoitos de chocolate no jantar, um pacote inteiro, ou apenas uma torrada e um copo de vinho tinto e os pratos permanecem na pia, as velas queimam até o fim e quando cada noite e termina, se espreguiça no sofá e se sente jovem, viva, saciada e satisfeita. Porque sozinha está reencontrando um brilho, uma claridade, está encontrando o teu ser destilado.

Sente uma liberdade embriagante quando o Cole não está contigo e, no entanto, não quer que ele vá embora. Pensa nos dois tipos de solidão que descobriu recentemente: este tipo maravilhoso, gasoso, refrescante para a alma, e a solidão desesperadora que suga o hálito da sua vida.

Lição 56

nenhuma impureza deve permanecer num quarto um minuto a mais do que o estritamente necessário

Uma carta, pesada, no tapete da entrada. Papel grosso, cor de creme, com marca-d'água, italiano, com as pontas macias como penas. Uma sensualidade que quer beijar. As palavras escritas à máquina, o ruído surdo delas, cuidadoso como braile.

Quero despir a sua roupa na escuridão, quero recobrir-lhe. Quero sentir você, centímetro a centímetro.

As pontas dos seus dedos deslizam sobre as palavras, ágeis como um lagarto. Treme, cobre a carta com a mão, precisa sentir a sua estranheza.

Sinto que está me ajudando a viver.

Sem nome, sem endereço no remetente. O seu coração palpitante, seduzido pelo texto. Senta-se junto à janela da sala, com uma das mãos segurando a carta contra o peito e a outra espalhada como uma aranha na parede fria e o seu hálito manchando o vidro e as suas faces quentes. É como se estivesse entrando, pelo tato, num estranho caminho novo e as árvores apressam-se a fechar-se sobre você e o céu desaparece e a luz, está perdida, e no meio do bosque, numa clareira, vai ser puxada para baixo, afogada, numa cama de seda.

Vem. Começa do zero.

O telefone. Cole. Todo alvoroçado. Sabe o que se segue: vai demorar mais uns dias, continua às voltas com o quadro, não consegue cruzar os braços e vir embora. Sempre adorou te contar os detalhes do seu trabalho, é uma boa ouvinte.

Olha para o relógio e para a carta enquanto ele fala, quer que ele desligue. Está preocupado com os lábios da vênus, um idiota qualquer resolveu fazer uns retoques, desajeitados, e é complicado reconstituí-los como deve ser.

Não os altere muito. Nada de botox.

Sei, sei, e ri.

O objetivo do trabalho dele é fazer o mínimo possível, a menor quantidade possível de retoques, porque senão estará interferindo numa obra de arte original. Mas às vezes, te disse Cole, deseja liberdade.

Queria tapar-lhe os mamilos, diz ele, parece que está cheia de frio. Precisa de umas roupas, a coitada.

Talvez ela esteja beatificamente feliz, querido. Talvez tenha um homem escondido debaixo da saia.

Ei, o Cole ri. Calminha. O que está acontecendo contigo?

Nada, nada, e desliga o telefone, sorrindo perante a ironia de um marido tão absorvido pelo trabalho que nem parece ter reparado nas mudanças que ocorreram no rosto da sua própria mulher, nos últimos meses.

Lição 57

pratique o bem e empreste

Como te seduziram:

Dedos lentos e inquiridores na sua pele, num apartamento em Edimburgo e você despiu o pijama enquanto algo que não conseguia conter te inundava.

Marijuana, uma vez, mas adormeceu.

Álcool. Champanhe foi sempre o melhor, em termos de resultados.

Pornografia. Um vídeo para te descontrair e você ficou intrigada no início, mas a monotonia rapidamente te repeliu e foi a foda mais fria e sem imaginação de todos os tempos.

A urgência de um beijo.

Um quarto de hotel caro que te fez sentir culpada.

Uma canção que te excita sempre que a ouve, um verso: *ela só goza quando está por cima, loucaaaaa.*

Cassetes com coletâneas; e quantos homens as deram? Por que é que julgam sempre que eles é que sabem? Nunca lhes imporia o seu gosto.

Cartas. As cartas resultaram sempre.

Mas como é que *você* seduziria? Como se precaveria para não assustar um homem?

Parecem, frequentemente, tão volúveis, difíceis, avessos, fáceis de intimidar. E não está convencida de que sejam sempre os homens a ir à caça, porque na maior parte das suas experiências e das suas amigas, é sempre a mulher que toma as rédeas e convida, caça. Procura e não encontra.

Lição 58

nunca guarde absolutamente nada debaixo de uma cama

Só você e a Martha ficaram no bar, porque os homens da biblioteca foram todos para casa, para as suas famílias, e depois de uma pausa constrangedora, Martha pergunta se deu alguma trepada recentemente e você ri dizendo que não, há séculos que não, já se esqueceu de como se faz, foi há tanto tempo. Martha diz que dorme no sofá há seis anos, enquanto o marido dorme no quarto, tudo muito britânico, diz ela. Somos católicos convictos, não vamos nos divorciar. O riso te sai bem lá do fundo, de repente gosta muito dessa mulher. A honestidade é tão sedutora. Pergunta-lhe, casualmente, pelo Gabriel, o que ela sabe sobre ele, não consegue decifrá-lo. Ela te lança um olhar intenso. Ah, o Gabriel, diz ela, o Gabriel, e te conta que tem uma teoria, aproximando-se de você.

Acho que ele não tem muita experiência no que toca a mulheres. Provavelmente só teve uma ou duas namoradas na vida. Acho que ele precisa de uma ajudinha.

O quê?

É excitante, não acha?

Sei lá, meu Deus, e aperta os punhos contra as têmporas, pensa na carta, nos fatos e no tipo de homem que não deixa uma mulher dirigir se ele estiver dentro do carro, talvez.

Ele é tão... estranho, diz Martha. Isto é, ele é lindo, mas você sabe o que eu quero dizer. Tem qualquer coisa de eremita, não acha, a maneira como desaparece durante meses e, de repente, aparece. Deus sabe o que ele realmente faz na vida, ou como é que se sustenta. Não se abre com nenhum de nós. É tudo um bocado esquisito.

Esfrega a ruga entre as sobrancelhas, tentando alisá-la, e a Martha ri e diz que tudo não passa de mera especulação, claro, e fala-se inclusive numa namorada que, um dia, lhe destroçou o coração mas nunca ninguém o viu acompanhado.

Nada sabe sobre ele. Nunca foi à casa dele. Há tantas coisas que nunca perguntou. Deliberadamente, porque não quer ouvir a possibilidade de haver uma namorada, ou mulher. É melhor não saber, para não quebrar a magia; não está preparada para isso.

Mas sente um cansaço, agora, por viver dentro da teia de malhas fechadas da sua própria imaginação. Desde que um homem de verdade tropeçou nela e começou a puxar os fios de seda.

Lição 59

há quem use almofadas de sumaúma, mas a melhor maneira de induzir o sono é o trabalho árduo e honesto, e uma consciência tranquila

As malas e casaco do Cole atravancam a entrada quando volta de uma ida ao supermercado, ao final da manhã. Ele retornou de Atenas um dia mais cedo, sem avisar. Chegou outra carta, mas ele não teve tempo de ver o correio e você enfia o envelope no fundo do bolso, ouvindo, mas sem ouvir, o relato da viagem.

Enfia-se no banheiro assim que pode. Senta-se na tampa do sanitário, rasga a aba.

Nos dias em que estou longe de você, sofro, o meu desejo é tão forte. Às vezes recai sobre mim como um manto quente. Dou por mim sorrindo para o vazio. Sonho que fugimos, partimos juntos.

Uma vertigem feroz enquanto lê, como uma mão dentro do seu estômago. As palavras tão próximas que quase podia lhes tocar. Encosta a carta à barriga, sentindo o papel macio e frio tocar a pele. Levanta-se, demorou demasiado tempo, dá um beijo distraído no cocuruto da cabeça do Cole enquanto ele tira as coisas da mala e mergulha num tempo em que o amor brilhava, por um instante que depois passa. Senta-se à mesa da cozinha com o jornal do dia por ler à sua frente, as suas mãos sustentando a testa.

Talvez o Gabriel seja como Ruskin que, segundo consta, idolatrava de tal modo as mulheres, que foi incapaz de consumar o casamento quando descobriu, horrorizado, que a sua mulher tinha pelos pubianos. Talvez tenha um casamento feliz na Espanha, com sete filhos; talvez a Martha tenha inventado tudo aquilo para te despistar. Talvez tenha um caso amoroso, é *gay*, tem medo, não suporta que alguém veja quem ele realmente é. Talvez seja um daqueles homens que escapou às voltas da sociedade — conhece vários, irmãos — tios e amigos — homens perdidos que nunca encontraram um apoio seguro na vida, que se sentem esmagados pelo desafio de viver neste mundo e desistem, tornam-se solitários ou bêbados. E fazem da vida dos pais e das amantes um inferno.

E, de repente, uma intuição.

E se ele nunca esteve com uma mulher.

E se ele não sabe como. Virgem, talvez, e tudo faz sentido. A timidez. A retração quando lhe toca. As pontas das orelhas coradas num beijo de despedida. Será assim tão inadmissível? Tem um ex-colega que é virgem aos trinta e dois anos e sempre desconfiou do Rupert, o seu primo. E ele, tal como o Gabriel, é alto, viril, um homem másculo, e ele, tal como o Gabriel, nunca parece ter os pés firmes na terra.

Veria o Gabriel com maus olhos, se fosse esse o caso?

Não. É estranhamente enternecedor. E excitante.

Uma ideia, bela de tão simples que é. Iniciar o Gabriel, ensinar-lhe exatamente o que quer. Criar um homem de prazer, um puro homem de prazer, o amante com que todas as mulheres sonham. Você terá o controle da situação, pela primeiríssima vez, será capaz de ditar exatamente o que quer. E não haverá expectativas sobre como você deverá se comportar.

Nessa noite, Cole enfia-se na cama de vocês e curva o corpo num ponto de interrogação em volta das suas costas.

Uma ideia bela, de tão simples que é. E impossível.

Porque você não faz esse tipo de coisas. Está presente na discrição das roupas, na integridade do rosto, na facilidade com que cora. Está no horror que mostra quando ouve falar de casos extraconjugais, na sua resposta-padrão: mas eu nunca seria capaz de fazer isso a outra mulher.

Ou a Cole. Acha que não.

Lição 60

algumas pessoas têm pavor de correntes de ar e preferem ser lentamente envenenadas a sentir uma rajada de ar fresco. Trata-se de um ato terrivelmente insensato e que se encontra na origem de muitas doenças

Entregam um presente em casa. Uma caixa lindamente embrulhada.

Um vibrador.

Fica sem ar. Não traz nenhum bilhete. É obsceno, fascinante, ridículo, nunca tinha visto um de perto. Não lhe toca durante muito tempo e depois vira-o, afunda-se na cama, liga-o. Pode *controlá-lo*, fazê-lo ir exatamente aonde quer, durante o tempo que quiser, ou não quiser.

É suficientemente pequeno para caber dentro da sua bolsa e os seus dedos tocam-lhe com frequência, imaginando exóticas viagens e os funcionários da alfândega vasculhando as suas malas, você tendo que explicar, gaguejando. Nunca te revistaram, sempre pareceu muito inocente e respeitável para dar pretexto a essas coisas.

A encomenda não traz qualquer bilhete, mas o endereço foi escrito à máquina. As pontas dos seus dedos deslizam sobre as letras, pesadamente impressas.

Anônimo, claro. Há quanto tempo é que ele terá voltado? Terá chegado a ir, sequer? Será mais um jogo? Liga, deixa mensagens na caixa postal, ele não responderá aos seus telefonemas.

Outra carta.

Quero ser a mão nas suas costas empurrando-a para a frente.

Trêmula, molhada, deixa-se cair contra a parede.
Apanhada no laço.

Lição 61

é mais fácil errar do que praticar o bem

Mais uma carta, já são quatro. Todas datilografadas, todas curtas, e as suas palavras estão cauterizadas em você como ácido.

Anseio por te segurar nos meus braços, pousar os meus lábios no vale do seu pescoço e deslizar pelo seu corpo. Não gosto de estar longe de você, não ouvir a sua voz, não ter você por perto.

O telefone toca, cinco minutos depois de ter aberto a última.

Olááááá. Ele arrasta a palavra, é sempre tão brincalhão nos cumprimentos, como se fosse uma surpresa tão boa escutar a sua voz.

Olá, sumido, responde.

Voltei, diz ele num alegre cantarolar.

Quando?

Neste preciso instante. Quando é que podemos nos encontrar? Está livre?

Estou, estou, desliga, me dá uma hora, não, duas.

Está começando a sentir-se infiel enquanto se arruma aos tropeções e distraída, o chuveiro está muito forte e quente e você força o seu corpo a se acalmar com um lento e caloroso gole de vinho tinto e depois fecha os olhos e ouve música, o CD do Jeff Buckley que o Cole não suporta, *ela amarrou você à cadeira da cozinha, ela partiu o seu trono e cortou o seu cabelo e dos seus lábios arrancou um aleluia*, e você sorri ao sentir-se molhada de expectativa.

Sai de cabeça erguida porta afora, viva, desejosa, ciente. A possibilidade escancara-se diante de você, vasta como um lago e você quer se lançar-se, mergulhar bem fundo.

Sem roupa íntima.

Lição 62

um mergulho frio:
nada é tão revigorante e delicioso para uma moça robusta

Ele já está sentado e você sente um tremor bem fundo quando o avista, a ternura é tanta que em você dói vê-lo sentado no café, do outro lado da rua. Ele levanta os olhos e abre-lhe um sorriso que enche o seu coração.

Atravessa a rua correndo, em direção àquele café gorduroso com as suas torradas com feijão e molho de tomate, chá quentado que nunca vem suficientemente quente, onde tudo começou há oito meses com um banho de água. As cartas estão dentro da sua bolsa e é arrojada, agora, segura, e tão profundamente cansada de tanta incerteza e tensão, dos jogos, das insinuações que não se concretizam, da espera. Precisa dizer a ele de uma vez por todas, tem duas manchas vermelhas no rosto e pergunta a ele à cara a cara: por que é que estamos assim, podíamos ir para um hotel ou até para sua casa, ou, não sei, e para, sorri, tão confiante da resposta dele.

A cara dele.

Desculpe, pergunta.

O espanto dele.

Hum, ouve você rir, desafinada, foi demais, está bem, desculpe, e a sua cara arde de embaraço. Mas as cartas, começa dizendo e depois detém-se e irrita-se: não importa. Pede licença, precisa ir, precisa sair. Pega na bolsa, está presa à perna da cadeira e você sai para a rua cambaleando, esbarrando em ombros e quase batendo em postes e espera… espera… ouve atrás de você, mas não se vira e pelo menos vê a entrada da estação de metrô onde pode desaparecer, afundar-se.

O que é que fez, o que é que você fez?

Esconde a cabeça entre as mãos no metrô, trêmula a caminho de casa, os punhos cerrados contra as têmporas, tentando arrancar tudo de dentro de você.

Tola, *tola*.

E pensava você que o conhecia.

Lição 63

nunca fique com roupas ou botas molhadas no corpo

Vê luz por baixo da porta de entrada. Compõe o rosto. Cole cozinhou o jantar, é o caos, a água em que os legumes estavam cozendo ao vapor secou e a casa está carregada do cheiro amargo de uma panela com o fundo negro. Mas ele se esforçou.

Um sorriso tenso.

Não andou me escrevendo cartas, andou, sai a pergunta tremulamente.

Cartas, não. A que propósito? Que cartas?

Nada, nada. Recebi umas cartas. Um bocado esquisitas. Devem ser do garoto que vive no fim da rua.

O que está acontecendo? Alguém anda chateando você? Acha que é preciso chamar a polícia?

Não, meu Deus, esquece. É só uma brincadeira inofensiva. O que é o jantar?

Abriu uma caixa de Pandora cheia de perguntas a voarem pela cabeça de Cole, está estampado em seu rosto. Pede licença, não consegue comer, está enjoada. Fez uma tolice com o Gabriel, ele fugiu da sua vida.

Tola, *tola*.

Está me escondendo alguma coisa? A voz de Cole por detrás da porta trancada do banheiro.

Não, não, esquece.

Deixe-me ver as cartas. Quem é esse tal garoto? A voz dele denota preocupação, não vai desistir.

Emprestei-lhe dinheiro para o carro e ele tem andado atrás de mim desde então. Não é nada sério, eu resolvo o assunto. Consegue forçar uma gargalhada. Está tudo bem, ouviu? Os seus dedos torcem os seus cabelos até doer.

Está bem. Uma pausa. Quer um chá?

Desanima-se, cerra os olhos com força, sorri com os lábios comprimidos.

Quero, quero, obrigada; a sua voz engasgada. E depois, no espaço entre a porta e o chão aparece um fino tablete de chocolate Lindt. Mal consegue dizer um obrigada. Porque em momentos como este, a carga sentimental do seu casamento surge novamente, magnífica.

Sucumbe.

Lição 64

varrer e limpar a poeira

Mas não dura muito.

Porque no dia seguinte não há telefonemas do Gabriel, nem no próximo. Do final do inverno até o início da primavera não há qualquer contato, apenas a caixa postal que recebe as suas mensagens cuidadosamente ensaiadas e ele nunca retorna os seus telefonemas. O vento do tumulto castiga todas as suas noites, afugentando o sono até que de madrugada cai, finalmente, em sonhos estremecidos, em *technicolor*. Sonhos em que ele entra, a maior parte das vezes. Entranhou-se em todos os cantos da sua vida, é poeira de gesso, pó debaixo da cama, uma película branca numa porta de chuveiro, que teima em reaparecer, por mais freneticamente que a limpe. Incita-o a surpreendê-la, sabendo no seu coração que ele não o fará.

Para você, bastava ouvir a voz dele, para poder recuperar as suas forças.

Nunca pensou ter tamanha capacidade de aniquilação, nunca sonhou poder ser reduzida a uma coisa assim. Os dias prolongam-se, e o silêncio da casa, e as suas unhas são roídas até ao sabugo lascado e você faz sangrar mordiscando os lábios por dentro. Revê o espanto dele vezes sem conta na sua mente e exclama em voz alta, de horror. É como quando o seu chefe, na faculdade, há anos, disse que a mulher acabara de ter um bebê e que pena, respondeu, sabe-se lá por quê, que pena, e as suas estranhas e estúpidas palavras a assombram desde então.

Por que é que ele não telefona para sossegar o seu espírito? Será que ele nunca teve a intenção de lhe foder? Queria apenas uma amizade, será que amigos heterossexuais do sexo masculino *alguma* vez na vida querem apenas isso? Será que ficou abalado de embaraço? Será que sentiu que estava se apaixonando por você e achou que nunca poderia dar certo? A sua autora isabelina também não pode lhe ajudar, limita-se a atear ainda mais perguntas, mais dúvidas:

Tomai conhecimento do homem que amava uma mulher com tanta malícia e desonestidade, que não descansou até a desonrar; forçou-a a deitar-se com ele e, no fim, avaliai a sua maldade, odiou-a mais do que a amara antes.

Será mais fácil desaparecer simplesmente?

As perguntas, as perguntas e o vento castiga todas as suas noites, chocalhando os vidros e suplicando para o deixar entrar. Vira-se e revira-se na cama, como se vomitasse sono.

Lição 65

os venenos atuam de um modo que é prejudicial para a saúde

Mas depois mais uma carta, mais bonita, mais urgente do que todas as outras.

... Ajuda-me a viver. Infiltrar-se na pele dos meus dias, é algo de magnífico, torturante e, ao mesmo tempo, transcendente.

Esfrega e esfrega a ruga entre as suas sobrancelhas. Por que é que ele não liga simplesmente, por que é tão sombrio, será que se retrai sempre? A incerteza queima-a, não tem força para a suportar sozinha, se afastará da confusão do seu mundo, se for preciso, e ficará só, enlouquecida, se tiver que ser.

Não tem com quem falar, alguém a quem pedir conselhos. Quer a opinião crua e dura da Theo, tem saudades do barulhinho que o cigarro fazia quando ela o tirava da boca e começava a falar, bom, eis o que precisa fazer, menina. Quantas vezes é que ela usou essas palavras no passado? Ela lhe disse, no início da sua relação com Cole, que não tinha a certeza de ser ele a pessoa indicada para você; disse lembra-se da canção da Madonna, não se contente com a segunda escolha, querida. Mas depois mudou de música quando viu, ao longo dos anos, a bondade com que ele lhe tratava; parou de duvidar quando lhe contou que a capacidade de ternura dele lhe deixava sempre sem palavras e ela ficou muito quieta enquanto falava: não tinha resposta para isso. Pergunta-se onde estará ela agora e fazendo o quê, curiosa como uma ex-amante, perturbada, detestando-se a si própria, perdida.

Rasteja de joelhos na cozinha, enchendo a boca de chocolate, tabletes enormes e depois bolachas, pacotes inteiros de doçura, e sorvete e manteiga de amendoim diretamente do frasco, engolindo-a e chupando-a dos dedos com ruídos, desejando a dor dor dor e esquecendo por instantes o poder da magreza. Incapaz de pensar, ler, ir às compras, escrever, concentrar-se seja no que for, porque o Gabriel invade todos os seus atos e pensamentos. Toda a eficiência e controle do seu ser profissional desapareceram, e você dorme até tarde e depois deita-se no sofá e fixa o nada, revistas de fofocas não lidas no seu colo. Não consegue telefonar para nenhuma das suas amigas, encontrá-las para um café ou almoço, não está preparada para explicar nada, não consegue. Não quer que elas critiquem o seu cabelo lambido e outros defeitos, não quer que a atormentem, tenham dó de você ou se preocupem. Telefona ao Gabriel e desliga ao fim de dois toques, telefona à Theo e faz o mesmo. Mal consegue se lembrar da mulher que foi um dia, a sensata assistente universitária pontualmente em pé, todas as manhãs, às seis e cinquenta e seis.

É amor, obsessão, paixão? Não sabe. Pensa numa palavra estranha e bela que leu um dia, limerance, um termo da psicologia para definir um amor obsessivo, um estado quase análogo ao de uma droga. Uma necessidade como um lobo cercando o âmbito do seu mundo, para trás e para a frente, para trás e para a frente, sem nunca desistir. Está completamente concentrada na sua presa, e os seus dedos, frequentemente, estão entre as suas pernas, acariciando, excitando, estremecendo enquanto o Cole dorme. Está espantada com os novos apetites dentro de você, esperneando para que os liberte.

Ao longo dos dias, encontra serenidade, nas páginas do seu livrinho. A voz forte e singular da autora nunca vacila, o texto tem um rigor tal, com as suas belíssimas margens em vermelho e preto. Será que ela alguma vez rastejou pelo chão por causa de um homem? Não consegue imaginar.

Talvez ela nunca tenha tido um amante, talvez tenha acontecido tudo na cabeça dela.

Pergunta-se, de repente, se ela seria solteira, vivendo num convento, porventura; celibatária, e tão mais forte por conta disso.

Talvez o seu isolamento fosse um desejo seu, porque lhe permitia trabalhar.

Sentiria a autora desprezo pelo casamento? Desejaria pôr fim a este? Talvez o livro seja ainda mais subversivo do que pensava. Desconfia que ela o estava escrevendo para todas as mulheres, menos para ela própria.

Que a submissão seja, não das mulheres perante os homens, mas dos homens perante as mulheres.

Como é que ela se libertara?

Lição 66

a felicidade e a virtude residem ambas na ação

Maio. O tempo está melhorando, há uma leveza no ar.

As estantes da biblioteca. A luz é intensa lá fora, mas pesada cá dentro. Há muito que aqui não vinha. Cada estreito corredor ilumina-se ao puxar de um cordel ao fundo e os seus passos ecoam nas grelhas de ferro forjado com o fatídico som metálico de um carcereiro. Uma bibliotecária arrumando livros nas prateleiras levanta os olhos de um andar abaixo e você se lembra, já tarde demais, que não devia andar de saia neste lugar, é uma velha regra da biblioteca: os espaços amplos entre as grades permitem às pessoas olhar para cima e ver. Para provocar-se uma injeção de coragem erótica não vestia calcinha mas, de repente, lhe parece tão errado, estar aqui, neste estado; tentando trabalhar mas pensando se verá o Gabriel por acaso, tentando apagar uma obsessão com outra e num lugar tão imbuído de ambas.

Ele não está. Você só quer conversar, sossegar o espírito. Quando se afasta, algumas das traves das grades oscilam ligeiramente sob os seus pés e o efeito é estonteante e desagradável e detesta esta necessidade grosseira dentro de você que não condiz confortavelmente com a sua fisionomia pública.

Senta-se em uma mesa. Agarra-se à beirinha. Inspira fundo. Precisa concentrar-se no seu livro, precisa fazer com que resulte: precisa de um quebra-molas para a sua vida.

E de repente ocorre a você, tão magnífico e obediente como um emaranhado de colares que demorou tanto tempo para desembaraçar, e com o simples passar de um conjunto de contas pelo laço de outro, o nó se desfaz como que por magia.

Responderá à sua misteriosa autora seiscentista.

Escreverá um livro em segredo, exatamente como ela. Por que não? Toda a escrita é um ato de vingança, não é? Sim, sim. Lambe os lábios. Pega no bloco de notas. E numa tarde perdida na paz profunda, tão profunda, de trabalho perseverante e absorvente, redige três listas:

Os homens com quem foi para a cama, o que ficou na sua memória.

Como lhe seduziram.

E com o quê.

Lição 67

as camas de penas são um luxo maior do que os colchões, mas consta que são menos saudáveis

Camas, claro:

Um *futon* manchado no chão. A cama de uma irmã que cheirava a erva. Um colchão aninhado num sótão. Uma cama de acampamento ligeiramente úmida. A severa cama de hóspedes dos seus sogros, com lençóis tão escorregadios que caiu. Uma cama deliciosamente ampla de um hotel em Hong-Kong, mais larga do que comprida. Dois colchões individuais unidos você teve medo que se afastassem a qualquer momento e o abismo a engolisse.

E as não camas:

A capota de um carro. O tapete felpudo que deixou arranhões na pele. Um campo de vacas curiosas. Uma piscina às três da manhã, boiando na água sob um céu estrelado como uma tenda de circo. Lembra-se do silêncio enquanto fodia, lembra-se tão bem, apenas o borbulhar suave da água, agarrados um ao outro sem falar, nem uma só palavra, concentrados na intensidade do toque e na carícia da água.

Um carro de aluguel. Areia. Uma mesa de cozinha na casa de uma tia solteirona.

Todos os clichês. É incrível a semelhança que havia entre a técnica dos homens e, no entanto, a diferença que cada um deixou na sua memória, ainda que não tenha fixado o nome. Lembra-se das experiências desagradáveis com mais pormenores do que das agradáveis; lembra-se da razão por que não deram certo. E da sua desilusão. Por não ter sido melhor do que esperava, no início, enquanto se despia. Sempre disfarçando.

É uma pena, isso.

Lição 68

Abril é o mês esperançoso da jardinagem

Visita a biblioteca uma e outra vez. Percorre o ousado esqueleto de ferro do belo edifício, o *seu* edifício, tanto quanto dele. O fato de ele não vir não implica que você não venha e descalce os sapatos, encurve as plantas dos pés e as suas meias tamborilem no ferro. Tiras de tubos fluorescentes lançam fragmentos de luz aqui e ali; por cima e por baixo de você estão leitores sentados ou agachados, isolados nos seus pequenos círculos de luz. Mesas antigas de madeira esperam ao fundo dos corredores como áreas de repouso numa autoestrada e sente o cheiro embriagante de papel e couro, cheiro de palavras, expectante. Começa, finalmente, a se debruçar sobre o livro. A fazer perguntas:

Por que é que as mulheres são tão contidas no que toca ao seu prazer, por que é que se empenham tanto no prazer de todos os outros à custa do seu próprio?

Que acontece se tentarem viver de uma forma mais egoísta?

Mas, depois, um raio de luz, filologia, num ambicioso dia de primavera.

O seu coração dá um salto mortal.

Ele está sentado no chão, de costas viradas para uma parede, lendo e rabiscando num bloco de notas que tem ao lado. Não vai falar com ele, limita-se a olhar: a nuca, os cabelos caídos nos olhos, a mão enrolada na caneta que faz um clique tão agradável como um batom, o relógio dos anos quarenta com o seu mostrador grande e manchas da idade.

Algo faz com que ele levante os olhos. O olhar dele cruza-se com o teu.

O sorriso dele, como um guarda-chuva virado do avesso.

O seu sorriso.

Estão ambos aprisionados nisso, consegue perceber que sim. Está estampado no rosto dele.

Lição 69

nunca se esqueça de fazer as suas orações

Um novo café. Ele segura na sua mão por cima da mesa, cobrindo-a com a mão dele em concha como a carapaça de uma tartaruga, não quer lhe soltar; como se estivesse relutante em abandonar o contato, agora que foi restabelecido. Tem uma xícara de chá à sua frente, está fria, com uma película leitosa e manchada na superfície.

Gabriel, você é virgem? Sem rodeios.

Sim.

Assim, sem mais nem menos. Não estava à espera de uma confissão tão rápida. O sorriso dele tem a honestidade de um céu limpo; é como se ele nunca tivesse proferido essa afirmação na vida e é um alívio, que alívio, tê-lo feito. Ele diz sim, novamente, sim, e os dedos dele acariciam os seus distraidamente, acariciam todas as articulações dos seus dedos, não se detêm. E depois ele diz que acha que precisa de ajuda, tenho pensado nisso noite e dia e você acena com a cabeça, não diz nada sobre as suas próprias noites e dias.

Por quê, pergunta baixinho.

Ele recosta-se e ri. Bom, diz lentamente, é um esforço começar, tenciona dizer alguma coisa, muda de ideia. E depois começa. Havia uma moça quando ele tinha quinze anos. Chamava-se Clare. Conheceram-se num musical. Uma produção conjunta entre o colégio de rapazes em que ele frequentava, na zona Norte de Londres, e o convento daquela área. Ele acabara de se mudar para lá, vindo da Espanha.

Que musical era?

Nem queira saber. *Salad Days*.

Riem ambos.

Ela era americana. Os pais, espanhóis, mas ela era californiana. Diferente de todas as outras. Linda. Quente. Era como se, não sei, ela armazenasse o sol debaixo da pele ou uma coisa do gênero. Eu... me perdi.

Acena com a cabeça, sorri, é uma história que quase consegue adivinhar: que eles se apaixonaram, loucamente, docemente, arrebatadoramente. Que um professor os encontrou numa despensa, durante um ensaio. Que ainda não tinham feito nada demais, mas estavam despidos e você os visualiza: as mãos, as caras, tímidos, trêmulos, maravilhados, concentrados, assustados. Foram arrastados cada um para seu canto. Os pais da Clare eram muito severos; ela foi afastada da produção; nunca chegou a assistir o espectáculo. Gabriel recebeu ordens para não telefonar, não tinha autorização para vê-la, enviou-lhe uma carta dizendo que esperaria por ela e que não olharia para mais nenhuma moça, mas nunca soube se ela a recebeu. Ela mudou de escola. Ele não conseguiu localizá-la, perdeu-a.

A minha família acha que fiquei obcecado por ela, diz ele. Suponho que sim, não sei. Não havia dia em que eu não pensasse nela e no que perdera. É obsessão?

Acho que é, sim, sorri. Vira a palma da mão por baixo da dele, de modo a ficarem viradas uma para a outra, espalmadas.

Bom, a minha mãe diz que tenho uma personalidade dependente. Sorri, desgostoso. Seja como for, estava determinado a ser ator — talvez, de certa maneira, estivesse à procura de uma forma de a reencontrar, não sei; passei tanto tempo fingindo e imaginando, passava-se tudo dentro da minha cabeça. Seja como for, um dia, quando tinha vinte anos, ia descendo Charing Cross Road e ali estava ela, à minha frente. Ele está nervoso, tosse ligeiramente enquanto fala, pigarreia, você se lembra de ouvir essa tosse nos momentos em que ele é apanhado de surpresa: quando precisa questionar a conta perante um empregado, talvez, ou responder aos insultos de um louco no metrô. Eu esperara durante tanto tempo, continua ele. Fomos para minha casa. A sua mão aperta-se em volta da dele. Gabriel fica calado, umedece o lábio, fita-a nos olhos. Eu lhe disse que ela teria que ir com calma, diz ele. Não sabia o que fazer. Nunca tinha estado com uma mulher. Na minha cabeça, ainda tinha uma relação com ela. Esperara durante tanto tempo.

Segura-lhe no rosto, suspende a respiração.

Ela riu. Simplesmente… riu.

A raiva ainda dentro dele, passados tantos anos.

Ela mudara tanto. Tinha uma certa dureza, era tão… cínica, experiente. Perdera toda a doçura. E pintara o cabelo e usava um batom exageradamente forte, e uma maquiagem empastada e horrível na cara. Não precisava disso, de *nada* disso. Não sei o que me aconteceu. Agarrei-a pelos ombros e abanei-a, sacudi-a como se estivesse tentando lhe arrancar aquele riso todo. Não conseguia parar.

Aperta a mão dele entre as suas como uma bela pedra macia que encontrou na praia.

E depois, não sei, perdi o rumo, não conseguia me concentrar, era como se estivesse consumido por um qualquer vírus de insegurança. Todo mundo me conhecia; pelo amor de Deus, as adolescentes tinham pôsteres meus nas paredes; e enquanto fala, ele retira a mão e os seus dedos mexem num guardanapo de papel e começam a fazer furinhos. Não podia dizer que nunca tinha ido para a cama com ninguém. Estava paralisado. Disse para mim mesmo que quando fizesse vinte e dois anos já me teria deitado com uma mulher, e depois passou a vinte e cinco e depois a trinta e, meu Deus, com essa idade como é que eu podia contar a alguém? E estranhamente, ao longo dos anos tornou-se mais fácil dizer que não. Fingir. Era como viver por trás de uma placa de vidro e ver todo mundo de dentro para fora, e não ser capaz de tocar. E ri baixinho. E depois conheci uma mulher, num café.

A sua respiração fica presa na garganta.

Gostei dela, muito mesmo. Ele fala tão devagar; mal consegue ouvi-lo para lá do martelar do seu coração. E ela era casada, o que significava, de uma maneira bizarra, que estava livre. Não haveria complicações, consequências tumultuosas. Pensei muito nisso. Era alguém em quem eu podia confiar. E ainda por cima era professora. Tem graça, isso.

A sua boca está seca, sem seiva.

E no entanto não posso pedir-lhe para me ajudar, é impossível. Nunca poderia lhe pedir isso. Ela pediu-me uma vez, mas fiquei paralisado, entrei em pânico, não estava preparado. E depois... não tive coragem de a enfrentar. Desculpe.

Olha para ele sentado à sua frente, completamente nu, com uma impotência tão grande estampada no rosto e a testa toda franzida e sente-se comovida, tão comovida, com a coragem de tamanha honestidade. Pensa na diferença que existe entre ele e Cole, o maxilar cerrado quando lhe pergunta vezes sem conta sobre Theo, a tensão nas mãos dele enquanto o cercava de perguntas. Gabriel está dando um salto enorme com as suas palavras, tem a certeza de que mais ninguém as ouviu antes de você. Havia sempre uma estranha espécie de ausência nele, uma peça do quebra-cabeça que não possuía e agora, de repente, ele está presente, de uma maneira tão comovente e clara, e uma ternura abate-se sobre você como uma onda. Não o julgará, não o condenará. Pelo contrário, respeita-o; por não sucumbir à pressão e ao pânico de perder a virgindade, por resistir, por se guardar. É tão antiquado e disciplinado, tão austero, nobre, raro. Ninguém mais faz isso.

Subitamente Gabriel se retrai e baixa a cabeça para as mãos, como se não acreditasse no que acabava de confessar. Este é um momento que nunca esquecerá na sua vida: vai com calma, precisa ter cuidado. Não o magoe, não o assuste, não engrosse essa tal placa de vidro. Ele está mais próximo de você do que nunca, está completamente vulnerável, despido, e você sabe que também recordará este momento para o resto da sua vida, como uma luz fluorescente muito forte num corredor comum que nunca se apaga, este momento do Gabriel sentado à sua frente, nu, quando todos os nãos que estancaram dentro de ti durante tanto tempo se transformam num enorme *sim*.

Lição 70

mais vale ser atado pelo pescoço a uma pedra pesada e atirado para o mais fundo poço do que se tornar um viciado em ópio

A pé, a caminho da casa dele. Sem se atreverem a falar; de mãos dadas, trêmulos, molhada.

A casa dele é modesta e arrumada, como a de um monge, com uns tantos objetos bonitos das viagens dele aqui e ali, pequenas pilhas de livros de capa mole e uns tantos postais em preto e branco nas paredes. Ele não impõe a sua presença ao espaço.

A cama é surpreendentemente grande. Apaga as luzes. Por onde começar, você é a professora e diante de você está a tábula rasa: meu Deus, que responsabilidade. Concentra-se, não pode se apressar. Não quer que ele passe pela dor ou pela desilusão que você tantas vezes sentiu. Quantas mulheres têm oportunidade de fazer isto a um homem, deflorá-lo? Precisa ser profundamente memorável para ele, algo para saborear para o resto da vida.

Diz-lhe que quer que ele a lamba, lentamente, a parte de dentro do pulso, e puxa a manga para cima como um drogado à espera da sua primeira picada. Gabriel olha para você. Debruça-se, hesitante. A ponta da língua dele desliza pela sua pele numa só linha, quase imperceptível. Fecha os olhos, solta uma pequena exclamação, a língua dele detém-se. Despe-lhe o casaco, desabotoa-lhe a camisa, indo de encontro à vulnerabilidade dele. O peito é amplo como uma catedral, as suas mãos lhe tocam, você sente o seu coração apressado e coloca a sua mão direita sobre ele, lendo-lhe o ritmo. Cheira a lavado, agradavelmente lavado, não consegue detectar o seu verdadeiro odor. O corpo é jovem, ainda por envelhecer, parece estranhamente intocado, talvez seja a hesitação dele, está todo fechado sobre si mesmo. Os seus lábios percorrem a suavidade da parte de dentro do braço dele, lentamente, leve como um inseto, elevando a palidez. Levanta os olhos e sorri reconfortantemente e por algum motivo segura na cabeça dele, como uma mãe faria a um filho, e ele começa dizendo qualquer coisa e shhh, sussurra, não fale e segura-lhe no rosto com a pressão das suas mãos e ele está tão concentrado, tão atento, shhh, você sussurra, shhh, e beija-o lentamente como se toda a ternura do mundo estivesse reunida nesse toque e, enquanto o faz, as suas mãos deslizam suavemente pelo erotismo das ancas dele.

Ajoelha-se, desabotoa-lhe o cinto.

O pênis dele inclina ligeiramente para um lado, é grande; sempre fica surpresa com o tamanho que alguns atingem. Ele olha para baixo, para você, tem a respiração acelerada.

Pega nele, lambe, macio, macia como seda, a ponta.

Ele ri nervoso, não consegue se descontrair. Tenta lhe afastar. Empurra-o, num gesto brando porém firme, para a cama, de costas. Despe as suas roupas, depressa; molhada, tão molhada.

Senta-se, muito devagar, em cima dele.

Desce lentamente, sente-o até ao fundo. E depois para, fica bem quieta durante uns instantes, ele lhe preenche e você sorri para os olhos dele e muito devagar aperta os músculos e contrai-o dentro de você: sente o Gabriel com a sua pele. Ele lhe olha, cheio de surpresa, entrega e choque, e você lança a cabeça para trás, não consegue continuar fitando-o, precisa saborear este momento sozinha. Começa a mexer-se sobre ele, lentamente, ritmadamente, de olhos fechados, shhh, diz-lhe, shhh, quando ele faz menção de dizer alguma coisa, enquanto fala com ele através da sua pele, inclina-se para a frente, roça a ponta do dedo nos lábios dele, shhh.

E ele goza.

Está chocado; é tão rápido.

Sorri, permanece sentada nele, sentindo-o dentro de você, sentindo-o amolecer. Também isto é agradável. As suas mãos sobem-lhe pela barriga e pelo peito, saboreando a pele dele surpreendentemente macia, intocada há tanto tempo por qualquer outra mulher e baixa a cabeça e beija-o, de gratidão, na cova do pescoço. Não atingiu o orgasmo, não aprendeu nada de novo, mas é um começo, um belo começo: porque é a primeira vez que assumia o controle total. As mulheres detêm o poder sobre os homens.

Sai de cima dele. Espreguiça-se lentamente, as suas palmas viradas para o céu como se quisessem empurrá-lo para cima. Ele sente você como um gato numa cadeira predileta onde nunca o deixaram instalar-se, estremecendo de calor e luz do sol.

Gabriel vira-se de barriga para baixo. Dirige-se para ele, deita-se ao seu lado; as pontas dos seus dedos escorregam pela coluna dele.

Houve outra vez, diz ele, sem olhar para você. A sua mão detém-se. Quando fiz vinte e um anos. Embebedei-me. Os meus pais tinham organizado uma festa enorme para mim. Estava lá uma moça, uma adolescente qualquer, uma amiga da família, também estava bêbada, e fomos para um dos quartos do andar de cima da casa. Mas quando tentei penetrá-la, fiquei... ficou mole. Só conseguia ouvir o riso da Clare na minha cabeça. Não fui capaz de continuar.

Abre o braço como uma asa e belisca-lhe o ombro. Gabriel vira-se para você, deita-se de lado com a mão apoiando o rosto.

Por isso... obrigado, diz ele, embaraçado, tímido. Segue-se uma pausa e o ar maroto torna a aparecer. E agora?

Abana a cabeça, tapa os olhos, ri: não, não não, temos que parar, está bem?

Alto lá, minha senhora, não pense que já se vai embora desta casa.

Lição 71

quem come muito devia lembrar-se de que está roubando os necessitados

Caminhar à beira-rio até o metrô.

O Tâmisa da cor de chá frio com leite.

Sente-se intensamente viva, como se tivessem lhe arrancado anos do corpo. Sente-se inchada entre as pernas, empolada, suavizada, cheia. Sorrindo para o lusco-fusco impaciente e levando os dedos vagamente ao nariz para sentir o coquetel de cheiros, o carimbo de dois corpos.

Está empolgada como uma adolescente que acabou o seu último exame e tem diante de si a magnífica promessa das férias de verão.

Mas nessa noite está acordada, completamente acordada quando o Cole empurra o seu corpo quente para dentro de você. Tem a mão pousada na sua anca e os seus olhos estão abertos como os de uma coruja com vontade de levantar voo, é tudo tão violento, terrível e empolgante dentro de você. Será que a Theo alguma vez se sentiu assim? Terá sentido culpa? Retomaria ela alegremente a sua vida, agora? Porque há bem pouco tempo sonhou com uma transgressão, apenas uma, nadando contra a maré da desintegração e despejando-lhe, para poder começar do zero a sua vida conjugal; sem nunca olhar para trás.

Os seus dentes mordiscam uma pele teimosa no seu lábio, mordiscam até sentir uma onda quente de sangue na boca.

Lição 72

é dever de todas ser gentil e ajudar os outros no que for possível

E assim começa.

Uma tarde em dia de semana. Uma vez por semana. Sempre na casa do Gabriel.

É boa professora, sempre foi, e agora, depois de anos sendo a boa professora, não quer dar apenas, quer receber algo em troca. Há uma condição, que deixa bem claro desde o início: esta situação não pode, de modo algum, interferir com a sua vida normal. Só assim prosseguirá. Quando as aulas chegarem ao fim, desaparecerão ambos de volta aos seus respectivos mundos, para que no futuro, caso se cruzem por acaso na rua, não reconheçam a presença do outro nem o que fizeram durante essas tardes na casa dele. Isso lhe dá liberdade para explora exatamente o que quer. Não haverá fotografias, nem cartas, nada de concreto, nada a apresentar como prova. A memória é a única coisa que ambos poderão reter. As regras ocorrem a você rapidamente e com clareza, e torna-se mais fácil justificar o que está fazendo.

Uma vez por semana. Um único encontro. No restante das suas horas despertas, deleita-se com o banquete da memória do que fizeram.

O pulsar da memória.

Ele abre a porta de fato, sempre, como se tivesse acabado de chegar do trabalho. O ar dentro da casa dele cheira ao centro de Londres, trânsito demasiado parado, fica com um sabor metálico na boca. Passam pessoas engravatadas e bem-vestidas pela janela do térreo, falando ao celular, tagarelando os seus saltos altos e sapatos apressados. Faz com que as aulas pareçam mais voluntariosas, infantis, indulgentes, como uma tarde de sol roubada do trabalho, passada, em segredo, no cinema. Mas pior, muito pior.

Portanto, semana a semana. Lentamente, não se apressa. Sente que tem todo o tempo do mundo para saborearem um ao outro, tendo-se precipitado com aquela primeira e milagrosa foda: foi apenas um começo. Há tanto a aprender, agora. Para ambos, porque enquanto o ensina estará ensinando a si mesma, embora ele não precise saber disso.

Estipula regras toscas.

Um, tirar a roupa. Estuda a pele dele, centímetro a centímetro. Ele, a sua.

Dois, o toque, o lamber. Exatamente onde quer. No lóbulo da orelha, a ponta da língua dele no seu lábio superior. A pele abaixo da vagina, a borda macia, o seu clitóris. Diz-lhe especificamente onde o quer, guia-o, ordena-lhe que suavize ou não pare ou não se mexa ou mantenha o caminho. E assim, enfim, enquanto ele escuta com atenção e faz precisamente o que você quer, tem o seu primeiro orgasmo e abre-se todo um mundo novo: os seus olhos cerram-se perante a onda quente e molhada e você se fecha como uma tesoura na cama e curva as costas, tentando contrair os últimos estertores ou prolongá-los, não sabe ao certo, e as implosões continuam dispararando se do seu ventre e depois abrandam e param, e você não consegue se mexer, está esgotada, só consegue ficar deitada na cama e rir, de espanto. Gabriel olha para você. Meu Deus, diz ele, meu Deus, repete. Senta-se. Passa as mãos pelo cabelo. Precisa concentrar-se: o prazer não pode ser exclusivamente seu, é a vez do Gabriel. Como ele tlhee dá tanto, quer brindá-lo com uma corrente de prazer: tem um objetivo, pela primeiríssima vez na vida, ver um homem completamente saciado.

Pelas suas mãos, lábios, língua. Se puder.

Portanto, lamber, onde *ele* quer: acima de tudo, a frente achatada da ponta da pica e depois a parte de baixo, ele mal consegue aguentar a sua boca e no entanto nunca é suficiente, e enquanto o faz, aperta a base com força. Descobrem tudo, juntos, estão ambos aprendendo tanto e você levanta os olhos, para os olhos dele: simultaneamente espantados e deleitados. Depois o contorno do olho do cu. As bolas, a parte dura por baixo e é a vez dele dizer para não parar.

Três, o beijo público as escondidas, completamente vestidos. O beijo do quarto, despidos, os lugares onde o dar.

Quatro, uma vela. O cabo de uma escova. O gargalo de uma garrafa de champanhe, e quão excitantemente cuidadosos têm ambos de ser. Por que é que objetos inanimados te excitam muito mais do que um pênis?

Cinco, o vibrador. Instigar o seu clitóris e com força dentro de você. Por baixo da cabeça do caralho dele e no cu dele e você deleita-se com o franzir da cara dele quando goza.

Seis, revistas pornô. É ele que tem que comprá-las, cabe a ele. Quer as páginas das cartas, mais nada; não lhe interessa o que ele faz com o resto. Delicia-se proferindo todas as palavras que nunca passaram confortavelmente pela sua língua: *boceta, foder, cu.* É a dona de casa com cara de anjo e uma súbita grosseria no discurso e é como se o seu exterior e o seu interior já não batessem certo. Me fode, diz a ele, vamos, fode a minha boceta, e fica espantada e excitada com as palavras que saem da sua boca.

Sete, pulsos atados à colunas da cama. Incapacitada, vendada, amarrada.

Oito, o chuveiro, com força contra os azulejos.

Nove, sono. Enroscada nas costas dele, o seu corpo é o cobertor dele, a sua palma o coração dele porque, às vezes, diz-lhe, é apenas isso que uma mulher quer.

Dez, a foda. A primeira vez não contou, não havia nada a aprender, tinha simplesmente de ser feito. Precisa de tempo, agora, para fazer como deve ser; está determinada, finalmente, a fazer com que resulte. Ele é muito brusco, abrasivo, mecânico, sabia que ia ser assim, não há música no que ele faz e vem-se bastante depressa, claro. Sempre quis rapidez com o Cole; mas isso é diferente, precisa descobrir a magnificência que sabe que existe. Tinha esperança de obter algo diferente com o Gabriel, mas a foda, para você, ainda não lançou faísca. Você faz um esforço heroico para não lhe mostrar a sua desilusão, para não lhe virar as costas de frustração, chateada.

Inspira fundo.

Diz-lhe, cuidadosamente, que precisam ambos de treinar. Diz-lhe que ele precisa suavizar um pouco, olhar para você, não se trancar dentro do seu mundinho privado. Diz-lhe que, na verdade, não está tendo prazer nenhum com aquilo. Ele vira repentinamente a cabeça, está tão irritado, sente que já avançou tanto, é difícil lhe dizer que ainda não o suficiente. Ele sai de cima de você. Deixa uma mancha pegajosa. Agarra -o, com ternura, num gesto de desculpa, mas ele dirige-se de maneira intempestiva para o banheiro e te diz que já chega.

Não o contata durante uma semana.

Liga na manhã do encontro seguinte e ele atende, com bastante pressa.

Posso te ver esta tarde?

Pode: rabugento, abrupto.

Ainda bem, diz, fico muito contente, diz, carinhosa, sabendo que seria essa a resposta dele. E desejando-o tanto.

Aos poucos, aos poucos, abranda o Gabriel, deixando -o entrar um bocadinho de cada vez, afastando-o se ele tenta precipitar-se. Ensinando-lhe que o segredo da magnificência está na espera, na contenção; e foram ambos peritos nisso, desde que as suas mãos se roçaram num café ao passar um número de telefone. Recorre a isso agora: impondo as regras de não contato durante a semana, não despindo as suas roupas assim que entra pela porta de casa dele, sentando-se para tomar uma xícara de chá e depois, lentamente, distraidamente levantando a saia, sem calcinha, claro, e tocando-se de leve enquanto fala. Abrindo as pernas, flexionando as costas, vendo a distração dele, a sua incapacidade de continuar sentado: aproximando a cabeça do seu beijo quando goza.

Faz com que o Gabriel lhe toque como se fosse um homem cego lendo os segredos da sua pele. Obriga-o a variar o ritmo, repreende-o com suaviade se ele cai na monotonia, ensina-lhe os segredos da ternura, do relaxamento, da surpresa, ensina-lhe tudo o que quer. Aperfeiçoa-o até a parte de dentro das suas coxas latejar e a sua pélvis doer de estar esticada sobre ele, até as suas coxas continuarem tremendo horas depois de ter saído da casa dele até o dia seguinte.

O Gabriel quer as aulas com mais frequência do que você, irrita-se com o prazer de que foi privado, tem medo de que o tempo se esgote. É como se quisesse fazer amor incessantemente para cimentar o que está fazendo na vida dele, para tornar o tempo de vocês juntos sólido e constante e um hábito que nenhum dos dois consiga quebrar. Ele diz que está feliz, tão feliz. Nunca pensou que ele pudesse ter tanta voracidade dentro de si.

Abraça-o, ri, aperta-o com força. Não lhe diz que sente o mesmo.

Não deixará que a pressione. Recusa-se a aumentar a frequência, a acelerar o seu ritmo: quer que perdure. Não prolongará as aulas pelo serão afora, apesar da insistência dele. Quando cai a noite, precisam parar. As aulas só podem decorrer enquanto há luz, é como se vivesse com medo de adormecer ao lado do Gabriel, despertar pela manhã com um beijo e ficar presa, para sempre, na vida dele.

É como se nunca tivesse sentido prazer antes disto. É como se o que toma por amor, no passado, fosse um recorte feito de cartão. Porque nunca deteve o controle antes disso; nunca, antes, teve exatamente o que queria.

Lição 73

sugestão para quando for às compras: compre sempre o melhor artigo de cada categoria

Quer o dedo do Gabriel no seu cu enquanto ele te fode, diz issoa ele, sempre quis experimentar. Há tantas coisas que sempre lhe suscitaram curiosidade e agora tem um parceiro disposto, que nunca a deixará constrangida, porque nunca estará ligado à sua vida normal. Com o dedo dele no seu cu tem o primeiro orgasmo com um homem dentro de você e sorri de orelha a orelha, não consegue parar: era capaz de começar a gostar muito disso.

E depois o lamber, tardes inteiras de esplendor. Nunca deu resultados particularmente para você: o Cole, em especial, acha sempre que sabe o que é melhor para você. Agora diz ao Gabriel exatamente onde o quer, em volta do clitóris acima de tudo e você abre os dedos de cada lado, estica-os para puxar a pele para trás. Ergue-se ousado, de um vermelho selvagem. Levanta a pélvis e comprime a boca dele contra você e não o deixa se afastar enquanto contorce o punho no lençol. E depois ele a inspira suavemente e a língua mergulha dentro de você, vai cada vez mais fundo e você não sabia que era possível ficar tão molhada. Ele fixa o olhar enquanto você goza, fixa o que fez e você vira a cara e diz-lhe para não olhar, vai embora; não quer que ele a veja tão aberta. Mas ele continua olhando, todo satisfeito, os dedos esticados sobre um sorriso, como se numa prece.

Mas eu adoro ver você assim, diz ele. Adoro.

Gabriel não tem medo da sua sexualidade. O seu prazer dá prazer a ele, excita-o e em troca ele nada pede fisicamente: ninguém o ensinou a fazer isso, a esperar algo em troca. Ele é o seu primeiro amante completamente generoso, não pede sexo oral, é puramente altruísta, quase feminino.

Os seus orgasmos são cada vez mais intensos, tropeçam uns nos outros até quase precisar afastá-lo assim que ele toca na sua pele com a língua, e enfia os dedos entre as pernas, numa tentativa de conter o orgasmo, abrandá-lo, e enterra a cara na almofada, abafando sons que nunca proferiu antes e lhe despontam na base da coluna.

Sente-se tão viva. Sacudida, desperta, depois de anos de apatia até que quase goza só com o beijo dele à entrada, ou com o som da voz dele ao telefone.

Às vezes se pergunta se ele gostará tanto assim de lamber, porque um colega revelou outro dia que, quando fazia cunilíngua, o sabor de uma mulher lhe provocava sempre o vômito, que nunca gostara do cheiro de uma mulher, embora o cheiro seja diferente de mulher para mulher. Mas você está viciada agora e muitas tardes ele passa entre as suas pernas até as suas coxas tremerem e você lhe implorar para parar, porque é magnífico demais, quase chega a dor, mal consegue suportá-lo. E no entanto ele continua, como se estivesse tentando apagar a recordação carimbada da maneira de foder de qualquer outro homem e você afoga-se no prazer, está saciada, transbordando, perdida.

Beija, de leve, o vale da base do pescoço dele, beija, de leve, a clareira pálida atrás da orelha, inspira-o profundamente, ajoelha-se, incha-o. Quer dar tanto em troca, deixá-lo atordoado com a sensação, como você.

Profundamente mudado.

E todas as semanas, no metrô agitado de volta à casa, pergunta-se onde isso poderá parar, quanto mais poderá pedir dele. Porque todo o resto é esquecido nesse prazer explosivo na base da sua coluna, toda a sua outra vida é apagada. Nenhum de vocês fala sobre maridos ou famílias, ou o que virá a seguir, porque não suportam pensar em nada que possa pôr fim a tudo isso.

Lição 74

quando for adulta, deite-se antes das dez e levante-se às cinco ou seis

Liga para a sua mãe. É o aniversário dela; enviou-lhe umas bonitas botas de montar espanholas, feitas à mão, que foram bastante caras mas sente-se tão generosa e de espírito grandioso, nesta nova vida.

Olá, está com uma voz ótima, diz ela.

É, e estou me sentindo ótima. Estou descansando muito, e fazendo exercício.

Quer lhe contar sobre Gabriel, numa precipitação, mas pensa e conclui que se alguém descobre perderá um pouco do seu controle: nunca saberá quando isso poderá se virar brutalmente contra você.

Continue fazendo o que tem feito, diz ela ao se despedir. Está dando resultado, querida.

Sorri. Tira uma fotografia antiga da prateleira. A sua mãe no deserto de Gobi, numa escavação, um balde numa mão e uma pá na outra, os olhos semicerrados contra o sol e madeixas de cabelo caídas no rosto. Costumava detestar a sua vida libertina e extravagante quando era adolescente: a maneira como ela passeava pela casa nua, a empurrava para a rua para conhecer o mundo, a levava a jantares intermináveis para lhe apresentar mais um dos seus homens.

Reconhece agora que a sua mãe estava fazendo exatamente o que queria e, na casa dos cinquenta, continua a fazê-lo. Agora é alegremente celibatária. Vive uma vida vívida, que por vezes passa por ver filmes antigos em preto e branco até às três da manhã e dormir até ao meio-dia e tomar apenas chá no café da manhã e nada mais. Meter-se num avião assim que lhe chega a notícia de que descobriram mais uns fósseis, desaparecer durante um mês. Relutante em sair com homens. Afastando-se timidamente das eventuais consequências de um encontro amoroso, de qualquer tipo de partilha da sua vida.

São tão chatos, todos eles, diz ela. A única coisa que querem fazer é falar sobre eles próprios. Ou te dar o fora. Prefiro mil vezes sair com uma amiga do que com um homem.

A maior parte das amigas dela são divorciadas, não querem outro homem, parecem mais felizes sozinhas. Já criaram os filhos, desempenharam o papel da boa esposa. Mas você se pergunta se a sua mãe estará sendo completamente sincera com você. Quem é que decide realmente ficar sozinho? Tanta energia, na sua fase adulta, tem sido gasta tentando fugir desse estado.

Pergunta-se o que a sua mãe diria de você, agora, com a sua vida secreta. Se aprovaria; se ficaria preocupada com o Cole ou se diria que é o melhor para vocês dois. Ele tem andado tão submerso em trabalho que não parece ter reparado na plena fraqueza dos seus gestos enquanto lhe faz o jantar. Não reparou nos seus dedos saboreano os seus lábios inchados e vermelhos enquanto ele vê televisão, conversa, fala.

É a boa esposa, a boa atriz: é surpreendentemente fácil, o disfarce. Estava representando desde o início e mal se dava conta. Mas quer envelhecer ao lado de Cole, ainda quer isso. Ficaria perfeitamente bem se nunca mais fizesse sexo com o seu marido, a não ser para conceber um filho; e já tinha ouvido isso da boca de amigas casadas. Cole representa algo que vai além do sexo: ele está bem inserido nos seus planos de vida.

Mas que acontece ao desejo? Será que este sentimento fugitivo acaba por morrer? Ou agora que foi libertado será que vai lhe perseguir até à velhice, acidentado e descontente, à espera de passar uma rasteira em sua vida?

Foste cuidadosa, Cole nunca há de descobrir. Gabriel não dirá nada, porque lhe confiou um segredo que praticamente garante o seu silêncio. Quão mutuamente benéfica é esta situação, quão perfeita: encontrou um amante disposto a fazer exatamente o que quer.

Que nunca abrirá a boca.

Que a despertou.

Lição 75

o mercado das falsificações

Um presente dentro de uma caixa igual à que trazia o seu vibrador. Vem lindamente embrulhado. Algemas. Sem bilhete. Sorri, não precisa perguntar a ninguém, agora.

Dão ensejo a uma nova pena, presas à cabeceira da cama. Os espasmos intensos e quentes do seu orgasmo; que choque tão delicioso. A sua voz se torna mais grave quando Gabriel está dentro de você, desce uma oitava e você escuta, espantada, a mulher em que está se tornando.

Meter no cu, uma coisa que sempre lhe suscitou curiosidade. A dor, a magnificência, a *transgressão*. Não o quer com frequência, tem de manter o seu quê de diferente, precisa que se mantenha raro, único.

Gabriel quer muitas vezes, mas respeita a sua vontade quando diz que não e se afasta.

Há tanto de belo no seu cuidado, no seu empenho; pensa, levemente divertida, que ele aprende com o zelo de um motorista que pela primeira vez está ao volante. É tão diligente e grato. Você o ensina a tocar com segurança, confiança; ensina-o a disfarçar o medo, mas consegue perceber que o amor, para ele, será um vício quando o sentir, se apoderará dele, o engolirá por completo. O teu coração sofre já por ele, pelo que o espera.

Ele continua tendo glamour aos seus olhos; o glamour da sua honestidade. Você adora o ar orgulhoso dele quando goza, adora observar-lhe os olhos, deleitados de espanto, perante você e perante ele próprio. Não consegue lhe dizer que muitas dessas coisas são novas para você também, que de certo modo começou essas aulas tão virgem quanto ele. Que tudo o que quer aconteceu durante muito tempo somente na sua cabeça; que nunca o disse em voz alta.

A sua mulher isabelina se fez, sente-se na sua voz confiante. Ouve-a sussurrar, prazerosa, através do seu sangue: vai mais fundo, mais longe, não volte atrás.

Muitas mulheres são admiradas, não tanto pelas suas virtudes, mas pelos seus vícios e imperfeições.

Lição 76

poucas são as mulheres que passam pela vida sem serem chamadas para cuidar de um familiar ou amigo

A sua mãe telefona. Theo ligou para ela.

Sério? A que propósito?

Não sei. Queria só conversar. Lembrou-se de que eu fazia aniversário.

Não falo com ela há uns tempos.

Ela me contou.

Tivemos um pequeno desajuste.

Ela também mencionou isso. Por quê?

Ah, nada de especial. Achei que ela andava muito em cima de mim. Estava começando a me sufocar um bocado.

Talvez não seja de todo ruim. As pessoas vêm e vão. Sempre achei que ela exigia muita atenção. Era esgotante, você sabe que era.

As reservas da sua mãe em relação à Theo costumavam ser sempre a deixa para mais uma discussão, mas agora vê que ela estava certa. A sua melhor amiga era muito divertida, mas o reverso da moeda eram os telefonemas constantes, os ciúmes por causa de um novo amante ou amigo e, o mais sufocante de tudo, as insistentes intromissões na sua própria vida. A sua mãe rotulara a Theo de avassaladora desde os treze anos: pedira para lhe porem numa turma diferente da dela, no início do período seguinte, e ficou tão furiosa com essa decisão, que não falou com ela durante um mês.

Disse que ela e o Tomas estão tentando ter um bebê, diz ela agora, quando a conversa começa a esmorecer.

Ah, sim?

Queria que você soubesse.

Ah.

Portanto, Theo se antecipa. Antecipa-se sempre, desde começar a maenstruar aos onze anos, a perder a virgindade aos dezoito, a casar-se: e agora isto. Por que é que ela decidiu mantê-la informada, quer que saiba que encerrou determinado capítulo?

Não contou à sua mãe sobre ela e Cole; com pavor de descobrir, pela voz dela, que já sabia, talvez, querendo que você descobrisse por conta própria. Agora, não lhe parece que vale a pena contar. Estás superando. A raiva começa a abrandar dentro de você, finalmente; como um incêndio que se reduz a cinzas, está quase extinto.

Lição 77

regras para escolher

Quando o outono começa a usurpar a luz, por vezes há apenas o sono com Gabriel, nada mais, várias horas de sono; pele contra pele e o calor dele. E enquanto está deitada, pensa no próximo passo, talvez: grupos de homens, sexo anônimo, mulheres.

Pergunta-se, onde é que isto vai parar?

Não consegue imaginar como vai pôr fim a essas tardes, mas um dia terá de o fazer. Teme que já estejam escorregando para outra coisa qualquer, sente um laço a ser tecido entre vocês dois. No primeiro dia de novembro, Gabriel lava os seus cabelos no banho e você os dele, e depois abraça-o com tanta ternura, tanta serenidade, e questiona-se sobre tudo o que aconteceu nos últimos meses, um verão tão diferente do anterior. Fez amor como nunca antes, jamais se sentiu capaz de uma entrega tão total, ou de uma tal transa. Durante o sexo com Gabriel, tornou-se mais jovem, deixou-se ir por completo, revelou outra pessoa, pela primeira vez na vida, o seu verdadeiro eu. Uma mulher que lhe espanta e assusta. Uma mulher exigente, egoísta, arisca, com as rédeas na mão. Ele a fez se sentir realizada enquanto amante, ele lhe deu confiança.

Portanto, foi nisto que deu, e nenhum de vocês falará sobre o que vem a seguir. No metrô agitado a caminho de casa, pensa nos sons que brotaram de você e que nunca proferiu antes, e no curvar das suas costas, e no seu punho agarrado ao lençol. Mas depois está em casa, pontualmente às seis, nunca se atrasa. E todas as noites sente Cole encostado em você — o braço, ou a nádega, ou a extensão do seu tronco —, todas as noites ali está o seu peso exausto, confiante. Ainda valoriza muito o seu marido: não quer que tudo o que ele representa desapareça da sua vida. Fica acordada na cama tentando arranjar uma maneira para que as suas necessidades e desejos coexistam pacificamente; não vê, ainda, como poderão um dia.

Sim, começou, com a dádiva da liberdade de Cole, a encontrar uma maneira de preencher os seus dias. Vive com a luz e com a culpa disso.

É um vaivém de prazer e dúvida.

III

"Como já foi dito:
O amor e a tosse
não podem ser disfarçados.
Nem mesmo uma pequena tosse.
Nem mesmo um pequeno amor."
Anne Sexton

Lição 78

quando uma moça tem um rosto rosado e saudável, sabemos que os seus pulmões funcionam bem

Quanto mais sexo tem, mais quer.

Talvez, agora, um homem que sempre insistiu em fazê-lo à sua maneira, que nunca lhe agradou o suficiente. Senta-se à sua mesa, com as unhas dos polegares entaladas entre os dentes e sorri perante o desafio.

Uma tarde de sábado. Diz ao Cole que está encalhada no livro. Ri, talvez jogue tudo fora e vá se divertir um pouco; talvez escreva sobre o que realmente interessava à sua dona de casa isabelina: sexo.

Você?

Sacode a água da escova de lavar a louça. Sim, eu. Talvez escreva sobre o que as mulheres realmente querem, meu caro.

Uuuuuu, diz ele, levantando as mãos fingindo-se aterrorizado.

Meia hora mais tarde, debilitada de preguiça. Um sol amarelo-vivo pelas janelas altas, partículas de pó dançando na luz. Os suplementos dos jornais de fim de semana estão espalhados pela cama e o Cole entra no quarto e beija sua boca, do seu jeito especial, e diz, então, o que é que *você* realmente quer, e denota um novo empenho: é como se finalmente ele estivesse reagindo à nova energia que estoura à sua volta e você não se retrai do beijo dele. Sussurra-lhe que quer que ele lhe raspe; nunca disse uma coisa dessas antes.

Ele interrompe a respiração, atordoado.

A voz dele mal se ouve, uma palavra apenas: sim. Olha para você como se sempre tivesse desconfiado de que existia uma mulher assim dentro de você. Vai ao banheiro buscar a sua lâmina, muda de ideia e traz a dele: é mais afiada, diz ele, mais eficaz, a excitação na sua voz e esse estranho e novo empenho, e você se deita na cama com as coxas afastadas e lá fora o céu flutuante, o ar repleto do verão iminente, e você não sabe com o que contar. Espera por Cole com uma das mãos entre as pernas, a outra levantada acima da cabeça. Os seus mamilos estão eretos, raramente ficaram duros por causa dele nos últimos anos, como se não quisessem se dar ao trabalho de se pôr naquele estado. Agora deseja-o, depressa: já está curvando o fundo das costas, em ondas suaves.

O que é que você tem, pergunta ele.

Não diz nada, a sua mão agarra-o pela nuca e puxa-o para baixo para um beijo. E depois ele começa, e quando ele passa a lâmina pelos seus pelos pubianos, uma mudança se derrama dentro de você como tinta jogada em água, começa a se sentir novamente jovem, uma adolescente, experimentando toda a intensidade desses tempos. Algo está em combustão dentro de você, é como a mão de um envernizador pincelando um quadro, como se todas as texturas de chumbo que desalentaram a sua vida durante tanto tempo recebessem uma injeção de luz. Abre a boca e inspira o ar, enrosca os dedos de Cole nos seus e aperta-os com força. No fim, olham ambos com fascínio e horror para a genitália pré-púbere. Cole tira as calças depressa como se não quisesse perder aquele instante, como se ele também soubesse o quão raro é. Goza depressa — muito depressa, pensa ele — mas para você é perfeito e vira-lhe as costas em direção às janelas, àquela bela luz amarelada, e sorri de orelha a orelha.

Porque acaba de ter o seu primeiro orgasmo com o seu marido.

Mais tarde nessa noite. Um restaurante italiano ao virar da esquina, o seu preferido. Não vai lá com Cole há séculos; costumavam ir no início da relação. O que é que você tem pergunta ele novamente, embalado por uma garrafa de vinho tinto que espalha calor dentro de vocês dois. Sorri, a mão dele paira junto da sua garganta.

Encontrei uma seção especial na biblioteca, diz, está cheia de livros eróticos, e cessa, cora, não consegue continuar.

Cole se recosta na cadeira. Cruza os braços como o diretor de uma escola que acaba de ouvir um conto fantástico de remorso.

Não consigo largá-los, diz.

Bom, um brinde à Biblioteca de Londres, então, e ergue o copo.

Lição 79

não se deve deixar qualquer sujeira nas ranhuras e cavidades internas

Não conta a Gabriel, deixa-o descobrir por conta própria. Não usa calcinha, claro. Sente uma magnífica vertigem quando ele se ajoelha diante de você, quando as mãos dele puxam a sua saia para cima.

Ele se retrai.

O que é isto?

Foi Cole.

Gabriel se contrai, o corpo todo, o rosto.

Ainda vai para a cama com ele, diz.

Vou. É meu marido.

Sente uma pontada de irritação por ter de o dizer.

Ele se levanta e vai ao banheiro. Bate a porta.

Gab? Gabriel?

Ele fala por detrás da porta fechada. Eu achava que vocês dois já não fodiam. Achava... e suspira.

O quê? Gabriel?

Não sei. Não sei o que é que eu pensava.

Eu sou casada, ou já se esqueceu?

Gabriel sai do banheiro, senta-se na cama e as mãos dele seguram na parte de cima dos seus braços. Diz que você é infeliz com o seu marido, que é infeliz com ele há tanto tempo, pergunta, por que é que se volta para um homem que não ama. Eu nunca disse isso, ofende-se, abana a cabeça: é uma pergunta bastante pesada, ele não tem esse direito. Ele diz vamos para a Espanha, vamos passar algum tempo juntos, em vez de apenas umas horas.

A minha família tem uma casa à beira-mar.

Levanta-se. Sabe nesse instante que Gabriel está à sua mercê, pode fazer o que quiser com ele, ele é completamente teu e quando se dá conta disso, algo se perde, consegue senti-lo escorregando das suas mãos como um peixe por entre as malhas da rede.

Não quero que isto acabe, diz ele. Você também não, diz ele. Não podemos. Fazemos parte da vida um do outro, agora. Você *sabe* que sim. Não minta para si mesma. Sinto que os últimos dois meses foram os mais felizes da minha vida; sinto que só agora estou realmente vivendo.

Dá um passo para trás. Gabriel se apaixonou por você e você quase o despreza por isso; diante de você, o caos, um homem desenfreado de incerteza e desejo. Quebrou as regras, insistindo na exclusividade e exigindo noites. Não tem a certeza, de repente, do que foi que lhe ligou a ele. Paixão, talvez. O anseio por um homem que lhe permitisse se expor. O desafio, o prazer da caça. Vingança. O desejo de aprender, de abrir a sua vida.

E depois ele ficou apegado.

E você não sabe, neste momento, o que fazer a seguir.

Posta-se diante de Gabriel com a mão sobre a boca, como se chocada por uma notícia terrível, como se estivesse prestes a vomitar. Sente que está aprendendo tudo sobre o amor enquanto o observa, do lado de lá. Ele imagina você abandonando o seu mundinho confortável de Londres por um homem na casa dos trinta, sem emprego, que ainda anda de ônibus, que nunca firmou os pés na terra. O poeta, o sonhador, e você já caiu nessa, uma vez. Mas já é bem velha, agora. Só quer foder. Como a autora do seu livrinho.

Onde encontrará um homem tão generoso e cortês para com a sua mulher, que esteja disposto a deixar-se substituir por outro homem.

Não diz nada sobre deixar o marido. A ideia não era essa.

O Gabriel ainda está na cama, a base do punho encostada à testa. Avalia o caso com a cabeça, não com o coração. Quer que ele tenha uma vida para além de você, que tenha outras mulheres, que abra o seu mundo. A ideia excitara-lhe frivolamente, há tempos: sonhava que ele ia à procura de outras mulheres e que descobria os segredos delas também, e voltava para junto de você com tudo o que recolhera pelo caminho.

Como um caracol atormentado com um galho, você se retrai.

Vai para casa transar com o seu marido, pergunta ele.

Vou.

Vai à merda.

Esse "vai à merda" tem tanta força, que a deixa alerta, é um aspecto dele que lhe pega de surpresa: disfarçou-o bem.

E merda para ele também, acrescenta como quem cospe.

Algo se solidifica dentro de você; instinto de defesa, instinto de proteção. Cole é chamado para cá, diz. Quer o seu marido, de repente, muito. A sua calma, serenidade, a confiança que lhe inspira. De repente teme por ele, pelo que Gabriel poderá fazer. Porque agora viu a veemência de alguém capaz de sacudir uma moça para lhe arrancar o riso, sacudi-la com tanta força que ela nunca mais volta.

Veste-se. Sai. Em silêncio.

Lição 80

os viciados em ópio ficam magros, de olhos arregalados, pele pálida e parecem estar sempre à procura de algo

As "penas" precisam acabar. Consegue imaginar o Gabriel, de repente, tomando a sua vida com ímpeto.

E sente um estranho e novo impulso em relação ao Cole; não estava à espera disso, nunca pensou que a relação moribunda pudesse ser ressucitada.

Estende o braço para mandar parar um táxi e sente a nudez vívida entre as pernas quando o faz. O motorista pergunta para onde quer ir, é jovem, não muito atraente, é pai, porventura. Mas tem uma bela nuca. Diz, desorientada, quase sem raciocinar, quero sexo, quero que me leve para a cama, preciso disso, por favor, e ele se vira e olha para você, encosta o carro. Repete. Nunca mais o verá novamente, terá que me certificar disso. Pintará o cabelo depois disto, mudará de visual, será outra pessoa. Diz, nos encontramos daqui a duas horas no... no... e do outro lado da rua, um pouco mais acima, vê um hotel Hilton. No Hilton, diz. A reserva ficará em nome de Green. E você flutua enquanto as convenções e suposições caem de todos os lados e as palavras saem da sua boca, tão facilmente, tão depressa, porque ensaiou o que dizer, o que fazer, durante tanto tempo, à noite, na sua cabeça.

Traga um amigo, acrescenta, se quiser.

Ele olha para você, como se soubesse exatamente de onde saiu. Vira a cabeça, as pontas dos seus dedos atônitas, tremendo, na sua boca. Ele a deixa sair. Paga com uma nota de vinte. Não fica com o troco. Ele não diz se irá.

Sabe exatamente o que fazer. Pergunta numa tabacaria onde fica o caixa eletrônico mais próximo. Saca dinheiro, muito. Faz a reserva do quarto em nome de Green, gosta do nome Green; dá o endereço de Theo. Entrega o seu cartão de crédito, de repente percebe que tem o seu sobrenome, mas a mulher nem sequer confirma, tem um ar demasiado respeitável para essas coisas. Vai para o quarto, toma banho, serve-se de um cálice de vinho tinto, e de outro, e espera.

São três.

Diz que eles podem fazer o que quiserem.

O seu rosto ainda é jovem, ainda é doce, detecta a surpresa deles: não estavam esperando por isso. É o que sempre quis, ainda quando criança à beira da adolescência, sempre sonhou com isso, nua, escancarada, e um grupo de homens ou rapazes acariciando você, curiosos, cada vez mais ousados, cada vez mais excitados, penetrando-a. Faz as coisas que sempre quis fazer, o que devorava na seção das cartas das revistas pornô que surripiava do seu tio quando tinha quinze anos. Não é tímida com esses homens, porque não está interessada em estabelecer uma relação, não lhe interessa conversar, nada que a exponha. Nunca mais os verá. Não voltará a ir a casa de Gabriel, as "aulas" precisam terminar, não vai pegar um táxi nos próximos tempos. Esse será o final de um capítulo da sua vida.

Está tudo resolvido e portanto você é livre, neste quarto de hotel, para fazer tudo o que quiser.

Eles são brutos, por terem sentido que era isso que queria ou não, não sabe. É o que quer. Eles não a respeitam. Não passa de um recipiente, uma série de orifícios a preencher. A sua vagina, cu, boca, todos são usados, por vezes em simultâneo, todos são fodidos. É passiva, obediente, é exatamente o que quer. Apagar Gabriel, começar do zero.

Diz-lhes que chega, eles hesitam, você os afasta. *Vão embora, por favor, saiam.*

Não quer tomar banho. Apanha o metrô para casa, de cabeça baixa, está tonta, triunfante, as mãos sobre a boca e o nariz. Inspirando profundamente aquela tarde que nunca mais voltarás a ter, que nunca esquecerá, sente as coxas doloridas. Está saciada, inchada e sente um fiozinho de esperma escorrer quando muda de posição no banco, consegue senti-lo, e a carne viva entre as suas pernas, e no seu púbis, da barba dos homens, arde, o arranhar abrasivo, Deus sabe quanto tempo durará.

Está em casa, pontualmente, às seis, nunca se atrasa.

Pegajosa e dolorida, exultante e purificada, refrescada.

Lição 81

tome um banho morno, coloque os pés em água quente com mostarda, coma uma sopa e vá para a cama bem agasalhada, para poder suar bastante

Mas não o faz desaparecer.

Pensa no Gabriel ao longo daquela noite dolorosa, a sua mão entre as suas pernas, suavizando a dor, comprimindo a carne para a apagar. A sensação que tinha era que ele estava lhe empurrando cada vez mais fundo para dentro da vida e, de repente, acabou tudo: porque ele disse que as regras já não deviam existir. Por que é que ele teve de destruir o mundo secreto que criaram um para o outro? Estilhaçou-o com amor, com dependência. Não há volta a dar agora, por que, meu Deus, onde é que aquilo iria parar?

Imagina Gabriel à espera do telefonema que não receberá. Esperou tantas vezes, no passado; refém do silêncio de um amante e conhece muito bem a pancada que o coração leva quando espera em vão. Está brincando irresponsavelmente com a vida dele, sem se preocupar com o rastro de destruição que deixa. Criou o amante dos sonhos de qualquer mulher, que sabe algo sobre o que as mulheres realmente querem, e o que não querem. Mas o que é que as mulheres realmente querem?

Não tem a certeza, agora.

Serem estimadas? Dinheiro? Segurança?
Não querem, forçosamente, se apaixonar.

Cole está deitado de costas para você e o arco do seu pé encaixa-se na curva da canela dele; faz isso com frequência quando ele dorme.

Lição 82

nunca se sente numa corrente de ar forte

O telefone toca no dia seguinte e no outro, a hora habitual de Gabriel, e você ouve a voz dele na secretária, eletrônica mas não atende. Depois do telefonema do terceiro dia, à mesma hora, bate com a porta de casa.

Quer os taxistas novamente. Eles passam os intervalos na casinhola verde da agência, em Notting Hill Gate. Foi o escocês que lhe disse, o da cara que parecia ter sido chicoteada pelo vento até ficar em carne viva, disse que lhe queria todos os dias dentro da casinhola, enquanto enfiava a pica na sua vagina dolorida e dormente; disse que colocaria a funcionária para fora. Queria também todos os colegas lá, disse, enquanto a virava ao contrário, queria deitá-la em cima da mesa, disse ele, enquanto lhe comia o cu.

Senta-se no ponto de ônibus à frente da casinhola verde. Desconfortavelmente empoleirada na barra vermelha de plástico. Vai ficar à espera. Uma hora e meia. O primeiro taxista com quem falou para o carro no acostamento e você se dirige para a janela do carro. Não diz nada. Ele olha para você, sorri, baixa o vidro.

Quero uma mulher também, diz.

Ele inspira o ar, consegue perceber o prazer dele mas não quer mostrá-lo. Está bem, diz. Vou precisar de algum tempo. Marcamos para as seis horas.

Encaminha-se para uma cabine telefônica. Diz a Cole que vais chegar tarde. Martha está em crise, precisa sair e tomar uma bebida, conversar sobre o assunto. Afasta-se da cabine, pensando em ser lambida por uma mulher enquanto os homens observam; em urinarem em cima de você, em lhe preencherem.

Veste apenas um roupão quando abre a porta do quarto. Não quer que vejam as suas roupas, que leiam os seus sinais, nem sequer quer dar a eles uma voz para identificarem.

Dois homens desta vez, e uma mulher. Assim que a vê, está tudo errado. É jovem, desconfiada, uma amiga e não uma parceira, entrou no jogo pelo prazer. Usa uma camisa branca suja no colarinho e isso lhe irrita. Ela está tirando as suas medidas, analisando-a, conhece você como os homens nunca hão de conhecer. De repente a situação é vergonhosa. Deita-se, constrangida, na cama. Os lençóis são muito escorregadios. Tem frio. Ouves o noticiário da televisão exageradamente alto no quarto ao lado. Nada funciona, não tem erotismo absolutamente nenhum, dói. A mulher fica de lado, observa, brinca com um dos botões da camisa. Sente o seu corpo fechando-se, aos pouquinhos, como as luzes de um escritório que se apagam à noite. Afasta os homens e diz a eles para irem embora.

Então, *anda logo*, diz o homem com quem começou.

Ele está diferente desta vez, não gosta do tom de voz que usa.

Saiam.

Não consegue encará-los de frente; arrasta-se para o banheiro, um gosto metálico na boca. Tranca-se lá dentro e senta-se no sanitário tremendo, e de repente vomita, vomita e vomita, como se estivesse tentando despejar as suas entranhas para o lado de fora.

A porta do quarto se fecha com um clique; eles foram embora. O quarto que deixaram para trás tem um ar ordinário, desprezível, abandonado. Dirige-se para o armário, precisa das suas roupas, calor, precisa da sua bonita saia de *tweed*. A sua mala desapareceu. Merda. Merda. Com a sua carteira lá dentro. Os seus cartões de crédito e a carteira de motorista. O seu nome. O seu endereço.

Oh, meu Deus, não pode ser.

Foi a mulher, estava na cara dela desde o primeiro instante.

Raciocina.

Não pode dar parte à polícia. A recepção já tem os dados do seu cartão de crédito, menos mal, menos mal, mas as suas chaves, as chaves: estão no bolso do teu casaco, graças a Deus. Porém o seu nome, o seu endereço, e as lágrimas quentes começam rapidamente a correr. Vai ao banheiro, enfia-se debaixo da água quente e penosa do chuveiro e esfrega a pele, esfrega até ficar em carne viva e encosta-se nos azulejos e caem lágrimas e água. Desliza para o chão e fica agachada no canto da banheira durante muito tempo, chorando, chorando até parar com um soluço. Fecha a torneira. Fica quieta, e molhada, tremendo. Não sabe como voltar para casa. Um táxi está fora de questão, acha que nunca mais vai conseguir entrar num táxi, sozinha ou com Cole ou seja com quem for.

Têm o seu nome e endereço. Têm o teu nome e endereço.

Está chorando mais uma vez. Anos sem chorar, finalmente, sai tudo.

Lição 83

a importância de um bom prato de comida

Liga para o banco, do quarto de hotel. Faz o *check-out*. Diz ao jovem seco da recepção que deixou a mala em casa, não sabe por que precisa lhe explicar uma coisa dessas, precisa parar, está falando muito: ele sabe que está mentindo.

Tem uns trocos no bolso; liga para Cole de um telefone público no fundo da rua, tem a certeza de que ele ficou trabalhando até tarde. E ficou, claro. Diz-lhe que roubaram a sua mala e que não tem como voltar para casa. Eu vou já para aí, diz ele. Dirige-se para um café ali perto e espera, debruçada sobre uma xícara de chocolate quente, acalmando as suas golfadas de lágrimas até Cole entrar no café e você se refugiar nos seus braços fortes e as lágrimas, mais uma vez, correm sem cessar. Ele aabraça até que você se componha e depois vai ao balcão e volta com um tabuleiro de sanduíches que não consegue comer.

Apanhamos um táxi para casa, diz ele, tenho dinheiro aqui.

Não, não, prefiro ir de metrô, é mais rápido. Só quero é voltar para casa.

Está bem, como você quiser.

Desce a rua com o braço firme de Cole sobre o seu ombro. Por que é que ele é tão bom em situações como esta? O seu coração se abre de par em par para a bondade dele, como uma janela escancarada por um súbito sopro forte de ar.

Eu te amo, diz, agradecida.

Costumava dizê-lo todos os dias, em outros tempos.

Lição 84

a roupa branca antiga não tem preço

Nos dias que se seguem tenta empurrar os homens para o fundo da sua mente, precisa fazer isso, caso contrário será arruinada pela ansiedade. Precisa se organizar; agiu de uma maneira chocante e está na hora de acabar com o disparate, voltar à sua vida normal. Marca uma massagem, uma limpeza facial, uma pedicure. Limpa a casa. Liga para umas velhas amigas, encontros para tomar café, cinema, almoço. Arranja espaço no escritório para o seu notebook e para os livros: nunca tinha se dado ao trabalho de fazer isso.

Joga fora a sua cartela da pílula.

Quando está pronta, quando a ideia de sexo não lhe enche de pavor, pede ao seu marido para enfiar a língua dentro de você e enrolá-la ao redor do seu clitóris; demorou quatro anos para pedir que ele fizesse isso, que fizesse especificamente aquilo de que gostaria.

Adoro esses livros que anda lendo, diz ele.

Afasta as suas pernas e põe a língua entre elas e você se vira para as janelas, estica os braços acima da cabeça e se remexe de costas: Cole sabe, agora, que tem de se concentrar no seu clitóris para lhe dar prazer, tem de o despertar. E num domingo chuvoso de inverno passam o dia quase todo na cama, como se não fossem casados ou não preferissem dormir. Os dedos dele percorrem a sua pele como um fiozinho de água e vocês se enroscam, cochilam e se beijam, acariciam-se no escuro crescente e, no fim, fica deitada, em silêncio, escutando a respiração profunda e regular de Cole, e adormece no sono dele.

Cole tira a segunda-feira de folga, uma coisa que nunca fez por você antes. Lembra-se de Edimburgo, quando ele queria ficar na cama, contigo, mais do que tudo.

Começa a se lembrar dele depois de tanto tempo, o homem que você amava. Recordando uma época em que o amor era límpido e cristalino como uma nevada natalina. Era tão simples. Amavam-se, confiavam um no outro, não eram como os outros casais. O seu marido era a personificação da calma. Não existia a dúvida como uma doença, nenhum veneno dentro de você. Lembra-se da inocência de outros tempos.

Antes de um hotel em Marraquexe, em que o seu coração se afundou.

Lição 85

é lamentável que uma mulher, de condição física saudável,
se deixe incapacitar por um temperamento doentio

Outra carta. Já quase tinha se esquecido delas. Mal consegue lê-las agora, pertubam de emoção, o seu coração e o seu sexo se fecharam para ele.

Infiltrou-se nos meus dias, não consigo arrancar você de mim.

Volta para Cole, no quarto. Fecha a porta atrás de você, sem saber por quê.

O telefone toca, nas manhãs dos dias de semana, à hora habitual. Você nunca atende.

Estou, na secretária eletrônica, estou?

Enroscada no sofá, as suas mãos entre as pernas, desejando que ele pare. Tentando esquecer tudo, mergulhar no papel de boa esposa, por Cole.

O telefone toca tarde, às dez da noite. Cole lhe diz para não atender. Sabe quem é; ele nunca se atreveu a invadir a sua vida desta maneira. Não quer que o seu marido ouça a voz dele na secretária eletrônica. Arranca o fone do descanso. Finge que é a Martha, diz ao Gabriel que está cansada e pede para não ligar tão tarde, de manhã lhe telefona.

As suas mãos tremem quando pousa o fone.

Diz-lhe, na manhã seguinte, para nunca mais ligar fora de horas. Diz-lhe que não pode voltar a vê-lo, ele já aprendeu o suficiente. As "aulas" terminaram. Não, espera, diz ele. Desliga. A sua secretária eletrônica está ligada e mantém-se ligada para sempre, depois disso.

Por favor me telefone, diz ele, na manhã seguinte, na secretária. Precisamos conversar, resolver isso tudo. Eu te amo, diz ele, e isso a detém enquanto escuta. Eu te amo, repete.

Quantas vezes disse *eu te amo* quando tinha vinte anos, a homens que não lhe respondiam? Lindo, disse um, lindo, como se estivesse colecionando a expressão num caderno de recortes, fixando-a num placar como uma borboleta entre tantas outras. Quantas vezes algo morreu dentro de você assim que as palavras saíram da sua boca? E agora você está do outro lado, fazendo o mesmo a outra pessoa.

Mas isto é diferente, diz para si mesma, é melhor assim, insiste. Fica desorientada perante a vida que tem levado, tão egoísta, mas é melhor assim, a longo prazo, esse não dar nada em troca. Não pediu complicações, fardos, caos.

De repente, sente-se impiedosa e determinada. Sente uma lasca de gelo no seu coração.

Lição 86

os viciados em ópio tornam-se tão escravos da droga que, no início, não conseguem fazer nada sem ela e, no fim, não sabem o que fazer com ela

Gabriel está à sua espera no degrau da entrada quando sai numa segunda-feira de manhã, está ao seu lado enquanto você desce a rua. Diz-te que precisa deixar o Cole, ele vai lhe obrigar; que é muito covarde para alcançar a sua própria felicidade, precisa começar do zero.

Ele é imprevisível, agora, tem a barba por fazer, aspecto de quem não dormiu: lhe confirma que tomou a decisão certa. Portanto este é o reverso da moeda do ator iluminado que está sempre *representando* na vida real, desempenhando o seu papel. Acelera o passo. Gabriel lhe alcança, está praticamente pisando nos seus os calcanhares. Diz-lhe, sem olhar para ele, para não vir na sua casa, para não telefonar. Vira para a tabacaria, mas ele está ainda atrás de você, junto do seu ouvido. Diz-lhe irritada para parar com isso enquanto pega num jornal. Conhece a mulher indiana atrás do caixa, ela brinca sempre contigo e com Cole, quando é que decidirão ter um filho, com uma suave inclinação de cabeça; tornou-se uma piada recorrente. Mas Gabriel está ao seu lado, agora, e você olha para o sorriso confuso no rosto dela e passa por ele com um encontrão:

como é que ele se atreve a invadir a sua vida dessa maneira. Ele se põe à sua frente, agarra-acom força pelos ombros, os dedos fincados na sua pele.

Me ouve, diz ele, ouve.

Vai embora, diz, se desviando.

Não pode voltar a dormir com ele, nunca mais o pode vê-lo. Por que é que ele não entende isso? Afasta-se em passos firmes. Dá a volta no quarteirão. Olha para trás, ele desapareceu.

Retorna para casa.

Mas que desejo é esse dentro de você, essa loucura dando-lhe pontapés com a força de um cavalo dentro de um estábulo? Senta-se na beira do sofá, os seus dedos remexem na beira da almofada, morde o lábio. Não compreende essa vontade de repetir tudo, agora mesmo, de sair correndo do sossego do quarto e encontrar mais e mais fodas anônimas. Essa urgência, que é brutal, terrível, masculina, bela, rude, que não consegue calar — tudo isso, desconcertantemente, regressa.

Lição 87

a jovem esposa está em casa! Não existirá, nessas palavras, uma feliz união das recordações mais ternas e das aspirações mais nobres?

Cole continua querendo fazer sexo à maneira dele, não é suficientemente obediente, mas por enquanto não se importa, só quer ser saciada, preenchida.

Ele a obriga a se tocar, empurra os seus dedos entre as suas pernas e depois leva-os à boca; prova o seu sabor, insiste ele, anda, enquanto cerra os lábios e abana a cabeça de um lado para o outro, tentando afastá-lo. Mmm, sinta seu próprio cheiro, diz ele, roçando a sua cara. Quer que vá cada vez mais longe, que não se desvie do caminho em que se encontra e você lhe pede para suavizar, para ser meigo, para parar, mas ele não ouve, nunca ouve o suficiente. Torna a enfiar a cabeça entre as suas pernas quando só queria que ele parasse; para saborear, para recuperar, mas ele não para, beija-a com força na boca com a cara suja de você, tudo o que você não quer.

Não é como Gabriel, não escuta, não é delicado. Mas não repreende a sua desobediência porque não importa tanto assim: grande parte do sexo está na sua cabeça e ele não precisa saber disso, nunca. Quando está em você, quando tem a cara entre as suas pernas, você está pensando em outra pessoa.

Que faria exatamente o que você queria.

Que diria que estava se transformando numa mulher diferente.

Que não tem autorização para regressar.

Lição 88

como livrar-se de cheiros externos e maus húmores internos

Cole não consegue resistir, quase todas as noites sussurra para lhe acordar e afasta as suas as pernas. Gosta de sexo *sensual*, diz ele, depois de uma noite em que mordeu a sua carne e deixou a sua pele com manchas roxas ao fazer amor como se estivesse tentando marcá-la com um ferro quente, em que virou você ao contrário e lhe fodeu de barriga para baixo com as pernas presas pelas dele. Sexo *sensual*, murmura, com o seu braço pousado na cova do estômago dele, deitado de lado, os seus dedos dedilhando os pelos da barriga dele. O pênis voltou à sua moleza leitosa e vulnerável, caído, exausto e inerte.

Sexo *sensual*, e os seus dedos, de repente, param.

Theo é que costumava dizer isso, diz.

Um silêncio, por instantes, tenso como um arame.

Nunca dormi com ela, diz ele, já disse.

Ela é a única pessoa que usa essa expressão.

Isso não quer dizer que eu tenha ido para a cama com ela, minha linda, e Cole de repente ri e faz cócegas em você, tudo não passa de uma brincadeira, agora que o sexo voltou, agora que se acomodaram novamente ao estatuto de casal. Ela dizia essas coisas a torto e a direito, sabe muito bem como ela é.

Então, esteve com ela? A sua voz é aguda e ligeira.

Uma ou duas vezes, sim. Para tomar uma bebida, de vez em quando. E sabe que mais, minha linda? Acabamos sempre falando de você e de mais nada. Ela tem muitas saudades suas.

Pois eu não tenho saudades dela. Nem um pouco.

Ela está tentando ter um filho.

Seu, pergunta.

Vamos esquecer este assunto, diz ele, *por favor.*

O sono nessa noite como teias de aranha, aos fiozinhos.

Lição 89

desinfetantes e como utilizá-los

Um sábado rústico de chuva, lançada contra as janelas como rochas furiosas.

Cole a empurra para a cama, lhe vira ao contrário, lambe a parte de trás dos seus joelhos e a faz gemer e lhe beija e depois lhe vira outra vez e penetra em você com um estranho empenho e, enquanto ele se move dentro de você, sente um gesto de ternura; cresce, torna-se quase insuportável, é mais meigo do que nunca e Deus sabe de onde lhe vem essa meiguice, mas está despertando algo dentro de você e você sussurra ao seu ouvido, num só fôlego, vamos fazer um bebê, porque isso, isso apagará todo o resto. Começar do zero, meu Deus, por favor, começar do zero.

Agora?

Joguei fora a cartela da pílula. Precisamos começar.

Quantos anos nos restam de vida, diz ele brincando.

Nenhum. Anda logo.

Para fazer a purgação em um só golpe, para espairecer. Para punir Gabriel, para arrancá-lo da sua vida. E para afugentar Theo, talvez. Inspira fundo, espantada, deleitada, perante o suave jorro e no fim você e Cole riem como recém-casados porque tomaram ambos uma decisão, a mais magnificente, certamente, de toda a vida. Ergue as pernas acima da cabeça, muito altas no ar, e os dedos dos seus pés tocam na parede atrás de você, fazendo o esperma escorregar para o fundo do seu corpo. Você traz a felicidade, diz Cole quando deixa cair as pernas.

Hum, diz, a sua cabeça em outro lugar.

É tão estranho, ri Cole enquanto bebe um chá tardio, dei por mim me apaixonando novamente por você quando estávamos nos afastando um do outro. Murmura, hum, e sorri, e tira uma bolinha do pijama dele. Está desconcertada: talvez agora torne a desaparecer na vida tranquila, rendida e submissa, sem precisar de outra aventura. Mas se pergunta se aquelas tardes em dias de semana num apartamento urbano poderão escorregar docilmente para a terra dos sonhos, se todo aquele episódio poderá ser obedientemente encerrado numa caixa rotulada de Estritamente Irrepetível; com Gabriel, ou seja com quem for.

Quer um filho; é o único desejo, de momento, cristalino. Tem trinta e seis anos. Já está na hora.

Lição 90

quando uma mulher aguarda um período de reclusão, deve estar mais atenta do que nunca ao estado geral do seu lar.
Os esgotos devem ser testados.

Pousa a palma da mão na sua barriga. Não sente nada. Não faz ideia se deu certo.

Talvez quando for mãe Gabriel se afaste de você, menino católico como é, será anulada, interditada. Acabaram-se os telefonemas, mas agora, de vez em quando, tem uma sensação de formigueiro na nuca; sente-se observada. Tem a certeza de que ele anda em algum lugar por perto. Já não fica muito tempo na janela. Às vezes, quando sai, olha bruscamente para trás, para ver se surpreende alguém.

Ele já esteve obcecado por uma mulher, ele próprio contou para você. Amava-a muito.

Desejaria realmente uma pessoa que ama muito? Como é que se pode medir o amor, ou inclusive distingui-lo, pergunta-se, da atração, curiosidade, namorico? Sempre sonhou em ser o centro firme da vida de um homem, mas agora não lhe parece legal. É como estar trancada num quarto sem janelas e sem ar.

E existe um taxista em algum lugar da cidade com o seu nome e endereço. Ou uma mulher de camisa suja, que a conhece como mais ninguém, e o quanto você odeia essa situação. Que diabos com que você pensasse que só porque tem fantasias com uma mulher haveria de a querer concretizá-las na vida real?

Cole é a única constante. Será que cada relação define outra, traz forçosamente para a luz a anterior? É curioso como o tempo que passou com o Gabriel reforçou os seus sentimentos pelo seu marido, a uniu à serenidade dele e à confiança que lhe inspira.

Lição 91

o desejo de ter filhos, pelos quais a mãe está pronta para sacrificar inclusive uma parte da sua própria vida, é a mais nobre das paixões puramente humanas

Traz a felicidade, repete Cole, a barriga dele contra as suas costas, enquanto esfrega as panelas depois de um assado de domingo. Sorri, nada diz. Lá fora, no mundo, existem bebês em toda a parte, cadeirinhas, barrigas grávidas, berços. Numa festa, um homem diz brincando que vai à sua casa todos os dias na hora do almoço só para cheirar a cabecinha do seu filho recém-nascido, é a experiência humana não erótica mais intensa de todas, lhe diz ele, panquecas, baunilha e pele.

Sim, acena com a cabeça, e afasta-se.

Lê um artigo da *Germaine Greer*, dizendo que com a maternidade as mulheres se dispõem voluntariamente a suportar o declínio catastrófico da sua qualidade de vida. Lê num trecho do diário da Sylvia Plath, que ela se sentiria mais prisioneira no papel de mulher de carreira, tensa e cínica, do que enquanto esposa e mãe profundamente criativa que está sempre crescendo intelectualmente. Acreditaria ela de fato nisso? E você, acredita?

Não faz ideia do que a espera.

Quer um filho como uma erradicação de tudo o que fez nos últimos meses. Sente que está desejando um bebê para ter alguém a quem amar fervorosamente na sua vida, para a preencher. Ouviu histórias de terror, que com um bebê nos braços vai ter dificuldade até em arranjar tempo para ir ao banheiro, para tomar banho ou atender o telefone, que o parto pode lhe rasgar da vagina até ao ânus, que fazer amor depois de parir é como atirar uma salsicha para dentro do túnel da Mancha, que alguns homens detestam o sexo com mulheres que foram alargadas.

A única coisa que você sabe é que, com um filho, a sua vida sofrerá uma reviravolta, como um navio transatlântico mudando de rumo. O que é ideal.

Lição 92

o ato de reprodução é a mais nobre e altruísta das nossas funções físicas

Cinco semanas depois de você e Cole terem feito amor numa manhã de sábado, com mais ternura do que nunca, vomita no sanitário ao lado dele enquanto escova os dentes, a náusea assola você no espaço de segundos. E no dia seguinte, num café, lendo sem ler, fica tão enjoada depois de beber um gole de água que precisa ir correndo para a calçada e vomitar no bueiro. Algo suga a sua energia como nunca antes. Cole diz para você comprar um teste de gravidez, mas você quer esperar até o fim de semana, em que ele está em casa e vocês dois estão relaxados: quer revestir esse acontecimento de certa sacralidade. Não pode ser feito à noite, tem de ser de manhã, quando os hormônios estão mais ativos, diz a embalagem.

Bombardeia o tubo de plástico com a sua urina, mija com força e intensidade. Duas tiras. Agita o tubo, sem deixá-las cair.

Portanto, confirmado.

Aconteceu, não era para ter resultado tão depressa. As mulheres da sua idade costumam esperar meses, ou desesperar durante anos, ou para sempre.

Sente uma grande onda de calor quando leva a mão à barriga. Olá, meu pequenino, aninhado na barriguinha, firme no mundo, olá. Sai do banheiro e Cole acena com a cabeça e sorri, abraçando você com força, tanta força, até quase machucar, e as lágrimas ardem nos olhos de ambos.

Portanto, ser anulada, purificada, começar do zero. Tomara.

Lição 93

quando indispostas, necessitamos que nos curem

Liga para sua mãe para lhe dar a notícia do bebê. Ela não fica tão contente quanto seria de esperar, detecta um certo tom na sua voz; é um choque para você. Pergunta-se o que terá feito, se é que fez alguma coisa, para a irritar. Talvez ela ache que o bebê limitará você, talvez ainda esteja à espera que tenha uma vida maior. Talvez tema o seu próprio envelhecimento. Não suporte a ideia de a chamarem de avó. Não quer uma criança novamente na sua vida, desarrumando o seu mundo confortável, a obrigando a trocar fraldas e preparar mamadeiras. Às vezes tinha a sensação, quando era adolescente, de que ela estava demasiado ansiosa por lhe expulsar do ninho: incentivava-te a arranjar a sua própria casa e, quando o fez, mal conseguia disfarçar o enfado quando você voltava para lavar roupa ou usar a máquina de costura dela.

A relação é sempre assim, entre altos e baixos, grandes amigas num dia, sem se falarem no outro. Ela lhe pergunta como se sente. Diz que vomitou ao longo dos nove meses. Diz que ter um filho fará com que sossegue.

Sério?

Não pergunta o que ela quer dizer com isso, não quer instigá-la. Regra geral têm pavor uma da outra, da dor que são ambas capazes de cominar. Algo mudou quando Cole ancorou na sua vida. A sua mãe sabe como lhe atacar no ponto certo e por vezes, maldosamente, vai direta à veia jugular, como se magoar você fosse uma maneira de abraçar. Ela costumava fazer isso, de vez em quando, quando era pequena. Como quando o seu boletim escolar anunciou *falta de iniciativa* e teve de perguntar, aos oito anos de idade, o significado daquela estranha expressão, e ela fez questão de lembrá-la disso ao longo da sua infância, na sua adolescência, carreira no ensino e na sua opção de casamento.

Falta de iniciativa. Desliga o telefone e solta uma gargalhada, perguntando a si mesma o que diria ela agora. Ultimamente ri muito; a sua mãe ainda consegue te magoar mas já não tanto. Porque o bebê dentro de você a inunda de alegria, está equilibrando-a.

Lição 94

são muitas as atividades que se podem praticar dentro de casa, como fazer jogos, charadas e outros tantos

Mas por vezes sente-se escorregando, geralmente de manhã, por volta da hora em que Gabriel costumava ligar. Uma assombração, como o membro amputado de um soldado de guerra. Em que precisa novamente da vividez daqueles tempos de "aulas".

O desejo lateja novamente debaixo da sua pele.

Nada havia de resignado naquelas tardes em que ambos se devoravam em um só trago como uma ostra. Houve uma "aula", já perto do fim, aquela em que você foi embora, em que ele segurou nos seus dedos dos pés e disse que não queria perder você porque o sexo, para ele, era você, você o encarnava. A franqueza a derrubou como uma onda contra a areia dura e você vacilou e riu, dizendo que era impossível, como é que uma relação entre vocês poderia algum dia dar certo e, fosse como fosse, todas as mulheres tinham o mesmo que você dentro delas, não era a única, bastava ele arranjar uma forma de libertar os segredos que elas guardavam. Escutar. Perguntar. Aprender. Havia todo um mundo lá fora e ele estava desligando enquanto você falava e acenando, sim, claro, e lhe beijava, suavemente, sim, tremulamente, sim, como se, de repente, ele não tivesse o direito de lhe beijar.

E agora de manhã, por volta da hora em que Gabriel ligaria, você vacila, pergunta-se se terá sido muito dura. Durante a penúltima "aula", quando se despiu, segurou a cabeça dele entre as suas mãos e soube que já estava, naquela altura, começando a se afastar; embora ainda fosse insuportável para você a ideia de que acontecesse já.

Lição 95

a inaptidão moral de uma mãe é absolutamente deplorável

Com sete semanas de idade, o bebê a faz vomitar na calçada próximo à porta dos correios e depois à frente da tabacaria e não tem tempo sequer para chegar ao bueiro; como um cachorro com os seus postes, você também marca o seu território. Mas é uma náusea satisfatória, se é que pode existir tal coisa, porque indica que o bebê está forte dentro de você.

Já está lhe mudando. Deseja carne fresca, bolos de arroz, vegetais crus, fruta e leite. Afasta-se dos vinhos tintos e dos queijos moles, da sua manteiga de amendoim e dos patês. Não a agrada o gosto do chocolate, a medida mais acertada.

Faz você correr para o congelador, para as formas de cubos de gelo que devora num frenesi de furioso estalar de dentes.

E agora somos três, diz Cole baixinho, maravilhado, uma noite no escuro cerrado. Sim, responde, sim, pensando na estranha motivação para este filho, este frenético pontapé de saída para a vida, dado num acesso de pânico. Pensando na Theo. Pergunta-se se ela terá engravidado com tanta facilidade como você; se foi inundada pelos hormônios felizes, também. É estranho, de certa maneira, estar embarcando nessa viagem sem ela por perto.

Lição 96

a luz e o ar deviam estar ao dispor de todos

Alguém desliga o telefone na secretária eletrônica e o que fica gravado é apenas um clique e, num momento de desespero, finalmente atende. Silêncio, do outro lado, e o fone é pousado.

Não quer jogos, já não tem tempo para eles, tem algo mais na sua vida.

Depois chega outra carta. Entregue em mãos, não tem carimbo dos correios. Nem sequer sabe se quer abri-la; segura no envelope pelo canto, como um investigador da polícia pega numa prova forense, pensa em jogá-lo fora simplesmente.

Sou eu. Não consigo suportar esta situação durante mais tempo, desculpe. Quem me dera que tivéssemos tido oportunidade de conversar.

E pronto. Amassa a carta e joga-a no cesto de lixo. Volta a pegar no seu livro sobre gravidez.

Lição 97

os surtos de febre causados pela imundície provocam mais mortes do que a guerra ou a fome

Estende-se no sofá da sala, oportunamente só.

Cole está dormindo no quarto.

Não quer mais intimidades, tem medo de machucar o bebê agora que já se nota, repele-o a ideia de fazer amor com uma mulher grávida. Aquela foto da Demi Moore na capa da *Vanity Fair* era repulsiva, disse ele.

Portanto, na sala de estar, sozinha, e os seus dedos pairam entre as suas pernas, circulam e instigam e mergulham e os tremores se agitam no seu estômago e depois os seus dedos movem-se mais depressa e mais fundo e os tremores intensificam-se, disparam pela sua barriga e pelo peito e mal consegue respirar; agarra o tapete e goza como nunca, porque a gravidez a deixa ultrassensível, está afinando você delicadamente como um piano de cauda.

Estava à espera de uma vida marcada por tornozelos inchados, batas e gases. Mas à medida que a criança vai crescendo na sua barriga, você pulsa de vida e de desejo, é um brilho de energia ao seu redor que lhe apanha de surpresa.

Cole se mexe. Vem para a cama, diz ele, vem dormir.

Lição 98

fazer remendos é uma das tarefas mais difíceis para dedos inexperientes

Precisamente dois anos depois da tarde em Marraquexe.

Aniversário da Theo, primeiro de junho, marcado para sempre, agora, pelo instante da descoberta. Precisa de distração; convida três antigas colegas da City University para jantar. Cole saiu com um amigo dos tempos de escola, foram ver o último filme do James Bond.

Enquanto trabalha na cozinha, cortando, espremendo e mexendo, a conversa passa por roupas, cortes de cabelo, colegas, apartamentos e depois se instala no mesmo de sempre com essas amigas: homens. Megan diz que ainda não foi para a cama com o companheiro, Dom, estão assim há oito anos; tornaram-se irmão e irmã. Ela tem trinta e nove anos, quer um filho. Não sabe ao certo o que acontece com ele; deixou de querer sexo, repele-a sempre.

Será que ele é *gay*?

Não.

Termine com ele, dizem todas vocês. Antes que tenha quarenta e oito anos e seja tarde demais para engravidar.

Sabem muito bem que é difícil, responde ela.

Depois vira-se para você, sabe-se lá por quê: alguma vez já transou com um garoto de programa?

Não, toma fôlego, rindo.

Alguma vez já pensou nisso?

Não.

Eu ando pensando nessa hipótese, mas não faço a mínima ideia de como é que essas coisas funcionam.

Olha para Cath, estranhamente calada. É a sua amiga de trabalho mais próxima. Tem um dos casamentos mais felizes que conhece e dois bonitos rapazes adolescentes. Tem casos a torto e a direito, há anos; e sexo não lhe falta com o marido, Mike, que vive na santa ignorância. A traição me faz desejá-lo mais, disse ela uma vez, não consigo parar. Não quero. Nunca.

Sempre se perguntou o que aconteceria se Mike descobrisse. Você se pergunta agora em relação a Cole: é uma reação que não consegue prever. Estremece involuntariamente enquanto mexe a massa, ao pensar no que aconteceria se ele se deparasse com a sua vida secreta.

Lição 99

cuide bem das suas plantas, regue-as cuidadosamente, retire todas as folhas mortas

Tenta novamente a sua mãe. Quer tê-la perto de você, anseia pelo conhecimento dela, agora que está grávida, porque ela já passou por isso. Mas está numa escavação no Sudeste da Rússia, durante o verão inteiro. Está investigando um predador marinho que aterrorizou os mares há cento e cinquenta milhões de anos e tinha dentes do tamanho de facões. Já foram encontrados seis e ainda são tão afiados que várias pessoas da equipe se cortaram. Ela está analisando a região ao redor do aparelho digestivo do animal em busca de provas do que ele comia e desenterrou fósseis tipo lula e antigas escamas de peixe, e está adorando o trabalho. E o calor. Diz que há uma onda de calor, passageira, e o céu é de um azul estridente.

Parece o paraíso, responde.

E é, diz ela. O seu tom, dessa vez, é mais ligeiro, como se tivesse tido tempo para ponderar o acontecimento iminente. Mas depois lança o comentário, a isca, que talvez deixe de ser tão egoísta quando for mãe e você sente o aperto familiar na garganta e deseja bater com o telefone mas não o faz; precisa de pelo menos uma coisa suavizada na sua vida.

Não sabe o que ela vê em você de egoísta. Talvez o fato de nunca lhe ter agradecido por ela lhe ter criado durante tanto tempo, sozinha? Há muito que desenvolveu uma defesa contra as suas farpas: o telefone é desligado em meio à conversa, ou ignora os comentários ou vira-lhe as costas. Parece tão cansativo ficar e lutar.

O que aconteceu, pergunta Cole nessa noite, está preocupada com alguma coisa.

Não sei, estou desanimada, desculpe.

Por que é que não vai ver a sua mãe. Tire umas férias. Resolva as coisas com ela.

Imagina-se enchendo os pulmões de sol; purgando o Gabriel e os taxistas com a luz dolorosa, dormindo até tarde, estabelecendo um laço afetivo com a sua mãe, resolvendo a sua vida. O bálsamo e o sossego de um retiro maternal.

Sim, diz a Cole, sim, por que não.

Telefona novamente para ela na manhã seguinte.

Não sei se será o lugar mais indicado para uma mulher grávida, diz ela. As condições são bastante precárias. Há muita poeira e calor, e a maior parte das estradas são de terra batida.

Preciso sair de Londres. Por favor.

Está bem, ri ela, está bem. Compreendo perfeitamente.

Lição 100

arejar é um processo essencial

Uma planície que outrora teve um mar em seu interior. Está coberta de sal, agora, e as ossadas de velhas embarcações espreitam do seu leito como carcaças de animais pré-históricos. Os pescadores tentaram perseguir as águas que sangravam por entre os seus dedos, tentaram alcançá-las com enormes pontes de cimento, esticadas como dedos pela vastidão. Mas a água foi escoando lentamente, quando o rio que a alimentava secou por causa dos milhares de quilômetros de sistemas de irrigação, canais e barragens, e um dia não havia mais mar. As estruturas tortas de três mastros dos pescadores há muito falecidos gritam agora as suas acusações contra o que resta da velha orla marítima. E as únicas pessoas que ainda vêm à povoação poeirenta à beira da planície são paleontólogos, sedentos de ossos.

O avião monomotor escorrega perigosamente numa pista de terra batida e em seguida pousa com o autodomínio de uma bailarina, num terminal que mais parece uma estação de caminhonetes. O telhado de zinco arde sob uma vastidão azul de céu sem deus. Um velhote trata dos vasos de flores junto da porta; mantém vivas as incongruentes cores com o zelo do dono de um pub durante um verão inglês. Observa a única mala do passageiro solitário que desce do avião, as roupas urbanas, o rosto. Você se limita a acenar com a cabeça.

O cheiro da mangueira em cimento molhado a leva de volta à infância e você levanta o queixo para o céu. Este é o seu tipo de ar, seco como a pele de papel da sua avó e sente o seu corpo enrijecer ao contato com ele. A sua mãe entra no parque do estacionamento ao volante de uma caminhonete dos patrocinadores da escavação. Não a via há tanto tempo. É um choque, o envelhecimento. O velhote lança um sorriso desdentado para você à maneira de despedida; o mundo está nos eixos, agora, está situada.

Enquanto a sua mãe a conduz até à sua casinha de zinco pré-fabricada, percebe que a sua estadia será bastante longa aos olhos dela. Pergunta-se quanto tempo durará, se terá tempo suficiente para diminuir a tensão.

Há roupas dela em todas as divisões, expulsando qualquer outra pessoa. Vê malas semidesfeitas e pilhas de roupa suja por dividir. Ela não consegue encontrar uma toalha limpa entre os rolos de plástico de embalar e sacos de gesso de Paris e cinzéis e pincéis, e pede desculpa por não ter dado um jeito na casa. Vive sozinha há tempo demais.

Mas não importa. Quer que isto dê certo.

Na primeira noite, tagarelam enquanto os chocolates belgas fresquinhos que trouxe explodem como nuvens macias em suas bocas. Hoje à noite está tudo bem, durante uns dias estará tudo bem e, se tiver sorte, talvez até dure uma semana. O plano é dormir insaciavelmente, de noite, e de dia relaxar e recuperar uma vida mais simples. Começa bem: as pessoas de pele dourada que te veem nas poucas e avulsas lojas sorriem diante da sua barriga. Bom, que bela imagem, dizem os seus sorrisos, como se a vida se resumisse a isso. Visita a escavação usando botas e chapéu, e o chefe da equipe insiste em lhe dar a sua cadeira de armar. Mas daí a pouco já está percorrendo as ruas poeirentas, agitada, lesada e com calor, esfregando a velha ruga entre as sobrancelhas. A casa da sua mãe parece colher o calor e retê-lo: a pasta de dentes está quente, e o desodorizante também, quando o rola nas axilas. Sempre ansiou pelo calor mas agora, pela primeira vez na vida, ele a está te derrubando. O bebê está mudando tanto você.

Mas não o suficiente.

Porque Gabriel lhe persegue até mesmo aqui, até quando nada na piscina da povoação. Nada todos os dias, dando um impulso vigoroso na extremidade e esticando os braços e as pernas ao máximo, sentindo a curva dos músculos enquanto tenta nadar para fugir dele. Mas todas as manhãs acorda bruscamente para um dia em carne viva, com um pânico inexplicável consumindo-te as entranhas. Os seus ossos levantam-se cansados da cama de hóspedes da sua mãe, como se tivessem lutado contra a sua moleza a noite inteira, endurecendo-se, oferecendo resistência. E ao fim de seis dias, a sua mãe faz com que saiba que aprecia muito a sua solidão. É sempre o mesmo padrão, a súbita tensão na voz dela e depois a explosão de ambas, e você recorre à mulher que raramente se revela. Desta vez, por causa do nome para a criança.

Nunca poderia lhe dar o nome do seu pai, diz a sua mãe. Não vai querer lembrar uma pessoa tão inútil como ele.

Ainda tem tanto despeito armazenado contra ele, depois de tantos anos, e só pode pensar que é porque, um dia, estiveram loucamente apaixonados. O seu pai é frequentemente motivo de suas discussões, está completamente cheia desse beco sem saída em que vocês duas acabam sempre, já há vinte e cinco anos. A sua mãe tem ciúmes do seu amor por ele, ainda, sente que a sua devoção era cega e tola, e consequentemente passou uma vida inteira tentando convencê-la dos defeitos dele. Estava sempre bêbado, era um inútil, um pobre coitado, nunca fez nada na vida, não te amava porque nunca me deu dinheiro suficiente para criar você, dificultou-me tanto a minha vida, as palavras são sempre as mesmas, desde que tinha dez anos, e a única coisa que fazem é colocar você contra ela.

Por que é que bate sempre na mesma tecla, pergunta agora, estou tão *cheia* disso. Depois, muito baixinho: Se não tomar cuidado, acaba completamente sozinha.

É igualzinha a ele, ataca ela. Um caso perdido, perdido, vocês dois. É sempre o papai o papai o papai, e ela imita o tom da sua voz infantil de adoração. Nunca diz que gosta de mim, nunca me agradece, nunca achou que eu fui a melhor mãe do mundo. Não faz ideia do que é viver no mundo real.

As palavras da sua mãe nada significam para você, agora, são as mesmas expressões repetidas vezes sem conta e perderam, há anos, a capacidade de ferir. É claro que você disse que gostava dela, no passado, mas ela nunca parece convencida.

Não a escutará agora, quando lhe pede para parar. Não faz ideia por que é que pensou que estar grávida representaria uma enorme reviravolta balsâmica em todos os aspectos da sua vida. Receia que esta relação com a sua mãe permaneça até uma de vocês morrer, esta sensação de que está em guerra contra ela, não são aliadas. Precisa se afastar da maldade que ouve na voz dela, o ataque do dedo espetado no ar, a fúria daquele rosto. Sai porta afora, passa pelas pilhas de restos da escavação, pelos mastros dispersos de navios-fantasma, os rostos curiosos dos habitantes da terra; caminha sem saber para onde vai.

Para diante do único telefone público da povoação.

Altera a data do voo.

Parte sem se despedir. Não é a primeira vez que faz isso.

Lição 101

nunca é muito tarde para praticar o autocontrole

Descontrai o maxilar quando o avião decola. Olha fixamente pela janela para o que parece um deserto de areia a perder de vista, mas são nuvens, infindáveis nuvens. Tem um buraco negro na sua vida, quatro dias em que podia desaparecer, em algum lugar, fazer o que quisesse. Quatro dias secretos. Se fosse mais irresponsável e corajosa, ligava para Gabriel, enroscava-se nele e não saía do seu apartamento.

Chega a Londres e vai direto para casa, sem saber o que fazer com a sua liberdade e sem ter a ousadia de a aproveitar. Tem areia debaixo das unhas, nos vincos das roupas e nos cabelos; não foi expurgada, claro.

Lição 102

passados os primeiros três meses, a futura mãe entra numa das fases mais deliciosas da sua vida

Mas nos dias que se seguem, sente toda a exultação da gravidez voltar, enérgica. A alegria das pessoas quando começa a dar a notícia a envolve, é tão bom partilhar a maravilha de um bebê com um círculo tão mais amplo do que apenas você e Cole. Velhas mães tagarelam e soterram-na de conselhos: aproveita a gravidez para rever todos os seus amigos, porque terá pouco tempo para fazer isso depois, use fraldas descartáveis porque a vida é muito curta, durma à vontade, cante baixinho durante o trabalho de parto *a minha vagina é um fosso escorregadio*, vai ter a sensação de que está cagando com muita força, não tem nada de elegante e riem, riem, porque parece tudo tão novo, estranho e único. E no entanto, esta é a história de inúmeras mulheres, desde o início dos tempos, a mais universal de todas.

Não há amor igual, diz uma amiga com três filhos, é como uma droga; daria a vida pelos seus filhos.

Não consegue se imaginar dando a vida por outra pessoa, sentindo um amor assim tão profundo e altruísta.

Pela primeira vez na vida contempla-se, nua, num espelho de corpo inteiro e não é só para registrar os defeitos do seu corpo; pela primeira vez na vida adora a sua aparência. Está tudo crescendo e mudando. O bebê está fazendo escurecer os seus mamilos, tornando-os sedosos, alargando-os. Propagando os seus pelos pubianos e estranhamente deixando-os grisalhos. Está suavizando e inchando os seus genitais, amadurecendo-os. Salpica a sua pele de pigmento, tem manchas de sol no rosto e nas mãos e uma tira escura descendo de maneira ousada do seu estômago ao púbis.

Pela noite adentro, você e Cole brincam sobre o tipo de música de que o bebê gostará, como será o seu sotaque e que nome terá. Permanecem no Grão, depois Feijão, depois Manga, seguindo os gráficos de crescimento dos livros. Ouviu histórias de homens que vomitam em sintonia com as companheiras, que engordam, sentem náuseas e ficam exaustos. Nada disso acontece com Cole, embora às vezes ele empurre a barriga para fora com a mão nas costas e peça compaixão, amor e descanso.

E leva com uma almofada na cabeça.

Ri muito com ele novamente, sente-se protegida no casulo do seu mundinho fechado. É o bebê, o sonho partilhado, andam ambos empolgados. Sente-se afortunada por tê-lo tão perto. Haverá solidão maior do que ter um filho sozinha no hospital?

Do que amar alguém demasiado?

Lição 103

o mel virgem é o mais puro e doce de todos

Uma mensagem na sua secretária eletrônica depois de uma consulta médica de rotina. Um silêncio, sabe que é ele. Diz apenas o seu nome. Precisamente quando começava a suavizar-se na sua memória, quando começava a recuperar a sua vida.

O telefone toca novamente e você atende com um gesto brusco.

Olá, diz ele.

O ar fica preso na sua garganta.

Como é que está, pergunta.

Estou bem. Estou ótima.

Queria só saber de você, diz ele, saber como está e ri. O que é que você quer de mim, pergunta, o que é que você quer, e Gabriel responde que estava se transformando, parecia a Bela Adormecida acordando para a vida, estava florindo, no seu auge, e era magnífico observar esse processo e segue-se um silêncio e depois você faz um ruído como quem o manda calar, aborrecida, e ele, está bem, eu desligo: fica bem, sim, e ouve-se um clique.

Caminha irrequieta pela casa, esfregando as mãos na barriga, esfregando e esfregando, de leve, como se estivesse tentando apagar qualquer coisa.

Lição 104

gritos, birras e qualquer tipo de obstinação não são dignos de uma mulher

Vomita cerca de doze vezes por dia, especialmente quando está cansada, e pergunta-se se será normal isso acontecer tantas vezes: em algumas mulheres é normal, sim, diz o seu médico.

O Cole afasta os seus cabelos da testa enquanto se debruça sobre o sanitário, tira o balde de debaixo da cama, limpa a sua boca e leva os lábios à sua barriga, dizendo ao bebê para não deixar a mamãe enjoada e no fim as suas mãos seguram a cabeça dele durante muito tempo, e você o beija, de leve, no cocuruto da cabeça, de agradecimento, porque nunca o apreciou tanto como agora.

Pergunta-se como será o rosto do bebê, se será um eco deturpado de vocês dois. Se os seus dois dedinhos do meio do pé serão unidos, apertados como os seus. Gostaria que fosse canhoto como você, tivesse o sorriso da sua mãe, os olhos de Cole, a serenidade dele.

Mas não para de vomitar, como se estivesse tentando expelir a culpa.

Lição 105

as jovens esposas incluem-se entre os membros mais importantes da comunidade, de cuja saúde e inteligência dependem o bem-estar do marido, filhos e criados

O bebê a faz virar as costas para a sua estação de rádio preferida, não suporta as batidas de dança, e muda-se para Bach. Abrandando-se, tentando serenar-se, como quem navega em direção à tranquilidade. Que vai ser de você agora que está no caminho da maternidade? Desaparecerá, ainda mais, da arena da ação para se tornar uma expectadora da vida, viverá mediante a felicidade refletida? É o modo de vida dos velhos, não é, e o das mães. Sempre sentiu um desdém miudinho por elas, essas mulheres abatidas, fracas, descoradas, fundidas, sempre pensou que tinham desistido. Agora, sente um desdém pelo que era: a mulher de carreira, determinada em encaixar as suas vivências primeiro, que tanto desprezava as jovens mães.

À noite, ali estão vocês três, você com a sua barriga encostada às costas de Cole, o bebê entre vocês dois e as suas respirações. Cole se preocupa com o bem-estar do bebê quando a sua barriga se enche de riso, o que é frequente, e quando transporta sacos escada acima e levanta o cesto de roupa suja do chão.

Bom, então talvez devesse me ajudar mais, brinca, atirando-lhe as cuecas sujas.

E ele ajuda, até certo ponto. Encarrega-se com mais frequência das compras de supermercado e da cozinha, surpreende você com pratos que nem sabia que ele era capaz de preparar.

Também fui solteiro durante muito tempo, sabia: depois de um espantoso prato chinês que ele nunca tinha feito antes.

Bate as palmas de satisfação. A partir de agora, quem cozinha nesta casa é você, meu caro, ri.

Alto lá, alto lá, diz ele com uma gargalhada, isto é só até o bebê nascer.

O amor de vocês está se consolidando, como um osso partido.

Mas, depois, as madrugadas na sala, sozinha.

Um apartamento urbano, modesto e arrumado, como o de um monge. Nua de barriga para cima, no tapete de Gabriel. A sua cabeça batendo na parede. Os seus dedos enfiados nos cabelos dele enquanto o puxa ainda mais para você e começa a mexer-se debaixo dele, as suas ancas dilatam-se e você impele o corpo, suavemente, o movimento desponta em algum lugar nas suas profundezas, puxa a cabeça dele cada vez mais fundo dentro de você, é a língua dele que fode, e quer que ele a engula, que não pare nunca.

A gravidez alterou o tom das suas fantasias. Não é, agora, uma mulher que mal reconhece na sua cabeça, não é qualquer uma experiência fantástica que nunca iria querer trazer para a vida real: você, agora, é o que fez.

Lição 106

a mãe deve garantir os serviços de uma enfermeira competente e de um médico experiente o mais cedo possível

O hospital aonde vai ter a sua primeira consulta pré-natal fica nos arredores de Londres, é silenciosamente vitoriano com janelas engorduradas e altas. Nos corredores, esvoaçam pombos por entre faixas de luz suja e há sangue no chão do banheiro. Cole resmungou que haverá apenas uma parteira para fazer o parto e mais ninguém. Este país rompendo suas cicatrizes, continua, estamos no século XXI mas parece que encalhamos nos tempos de Thomas Hardy. Ele quer o melhor; sente o amparo e a proteção do seu direito de posse abater-se sobre você e é invadida por uma onda de culpa, outra vez, e não consegue responder, limita-se a apertar-lhe o braço de gratidão.

Mas depois, durante a primeira ultrassonografia, o riso volta porque o bebê não para de se mover desenfreadamente para fora da tela, está brincando com vocês, pilando, dançando, e ali está ele, com as suas mãozinhas como vagens e o seu estranho rosto valente olhando, parece, em cheio com vocês dois.

Lágrimas perante esta confirmação visual: não, não está inventando isso tudo.

Mas quando é que vai sentir o pequenino astronauta flutuar dentro da sua barriga? Está de dezoito semanas e impaciente com a serenidade dele, que ainda lhe arrasta para aquele profundo cansaço, em que acorda exausta e não consegue pôr os pés em terra firme o dia todo. Pergunta-se se algum dia *passará*, se voltará a se sentir normal. Talvez valha a pena, para nunca mais sentir a solidão e o pânico daqueles Natais de solteira, em que o seu coração parecia riscado de fendas. Um filho é, certamente, uma apólice de seguro contra isso.

Liga para a sua mãe. Decidiu pedir desculpas. Está tão cheia da tensão entre vocês duas, do peso dela na sua vida; quer resolver o problema. Precisa engolir o orgulho e pedir desculpas. Mesmo que não saiba por quê.

Ela fica tão aliviada por ter telefonado. Há uma tristeza imensa na voz dela, como se tivesse estado triste todo esse tempo em que não se falaram, e sente o desejo dela, igual ao seu, de fazer as pazes. Nenhuma das duas menciona a sua partida do local da escavação, não querem reabrir velhas feridas.

Estou ansiosa para ter o bebê, diz-lhe. Quero que seja meu companheiro. Tenho a sensação de que nunca mais me sentirei só na vida.

Ah, mas pode sentir-se mais só do que nunca enquanto mãe, responde ela. Não sei se devia lhe dizer isto, mas nada se compara à dor que uma mãe sofre por amar um filho. Uma pausa. Especialmente quando a criança a rejeita. Uma pausa. Depois de tudo o que se faz por ela.

Portanto, ela não consegue resistir a uma recaída, está sempre tendo recaídas, nunca desistirá das farpas. E a dor de um filho que é rejeitado pelos pais, deseja dizer mas não o faz. Diz à sua mãe que gosta dela, repete o pedido de desculpas e ligará em breve. Tentando manter o máximo da sua vida sob controle, como a bonita caligrafia da Sylvia Plath, tão certinha e contida, por mais caótico que o seu mundo estivesse.

Lição 107

um bom sistema de esgotos é uma das necessidades básicas de uma casa saudável

Às vinte semanas, sente a aceleração.

É assim que a sua mãe lhe chama e você adora a expressão: a criança se espreguiça e roda dentro de você e você sente-a pela primeira vez, a sua bela dança. Pequenos tremores sísmicos disparam pela sua barriga e você alisa as mãos sobre as ondas do seu bebê impurtunando, apalpando e dando pancadas.

Muitas vezes, no fim do dia, sente um súbito pontapé contra a sua mão — o atrevido! — e se estiver por perto, Cole vem correndo, mas o bebê muda de posição e não repete a gracinha; já tem vontade própria e depois torna a remexer alegremente como um gatinho com uma bola de lã e *agora*, diz a Cole, *depressa*, e a mão dele pousa como uma concha na sua pele e instiga serenidade na criança, que se acalma, como se escutasse o toque do pai. Ele já adora esta criança de uma tal maneira.

Beija o seu marido, ternamente, nos lábios macios. Sente-se sensual e feminina e quer a proximidade de um homem, mas Cole não cede a fazer amor; tem medo de bater na criança, que o bebê esteja deitado muito perto do lugar aonde ele quer chegar. Não consegue convencê-lo de que não é verdade, que o bebê não é um estorvo como pensava. Tantas pessoas a consideram agora apenas uma coisa: a portadora de uma nova vida. Não esperam que seja uma criatura sexual, é mãe.

Cole sussurra, enquanto você dorme, que vai dar uma bela mamãe e você sorri sonhando.

Depois acorda estonteada, abruptamente.

Lição 108

não é correto socorrer quem mendiga, porque poderá incentivar a mentira, a preguiça e o engano

Tarde de sábado. Estão esparramados no sofá, lendo, jornais e revistas espalhados na frente de vocês. O telefone. Não tem tempo de arrancar o fone do descanso, está muito longe.

O seu nome, inquiridoramente, na secretária eletrônica. O seu nome apenas, duas vezes.

A voz diz tudo.

Tem os olhos fechados, enquanto pensa nessa desarmante capacidade de amar abertamente, de declarar a necessidade na nuance de um som e quão rara é essa qualidade num homem; pensa o quão humilhante é, esse tipo de amor completamente franco que nos murcha, nos torna vulneráveis e moles. E faz com que a outra pessoa se afaste. Depois pensa em Cole. Abre os olhos bruscamente.

Perante Gabriel investindo contra a sua vida de casada.

Lição 109

o segredo de um lar saudável

Cole limita-se a olhar para você.

Não é nada, diz numa maré crescente de indignação, é só uma paixonite pequena.

É aquele cara da biblioteca, o ator, não é? Aquele que está apaixonado por você?

Não, *não*. Por que é que diz sempre isso? Ele é um amigo, como todas as outras pessoas da biblioteca, faz parte do grupo. Aliás, não falo com ele há algum tempo, porque ele estava ficando um bocado esquisito, está bem?

E depois ouve a si própria perguntando então e a Theo, afinal nunca explicou o que aconteceu, nunca disse ao certo o que aconteceu nesses encontros a dois para tomar bebidas. E por que cargas d'água é que vocês ainda se encontram? Fala numa voz que nunca havia usado com Cole, só com a sua mãe: é como se quisesse atacar o seu marido em cheio na veia jugular, pôr tudo cá para fora, finalmente. Então e ela, hã? Podemos ir ao fundo da questão — e há uma maldade que não consegue travar, trai toda a beleza da sua barriga redonda. Toda a frustração, dor e raiva desde Marraquexe está finalmente, finalmente saindo impetuosa.

Diz a Cole que ele é um fracassado na vida, é um chato, um idiota que raspa tinta de quadros, mais nada, não existe mundo além do emprego e da casa e praticamente não tem amigos e você o odeia, o *odeia*, não sabe de onde saem essas palavras, ouve-as saindo da sua boca e não consegue estancá-las, então e a Theo, vamos, então e ela, e põe-se a andar de um lado para o outro na sala, como uma hiena enjaulada e depois Cole está atrás de você, levanta-a e aperta-a por baixo da barriga, com tanta força que machuca, pega em você como se fosse atirá-la ao chão e apagar-te a você e ao bebê.

Cale-se cale-se *cale-se*, grita.

Percebe nesse instante por que é que alguns maridos se atiram de carro do alto de um penhasco e asfixiam crianças dentro de automóveis.

O bebê, o bebê, não consegue dizer mais nada, empurrando os braços dele, tentando soltar-se dele à patada, o bebê, o bebê.

Cole a solta-te. Apoia os braços contra uma parede como se estivesse tentando escorá-la. Deixa cair a cabeça. Não consegue olhar você na cara. Senta-se no sofá. Fecha os olhos.

Um silêncio tenso paira na sala.

Pergunta a Cole se ele alguma vez cheirou a *cabecinha* de um bebê, não sabe por que é que lhe pergunta isso ou o que fazer a seguir mas, de repente, está cheia de uma profunda tristeza, está cheia como um copo até a boca. Ele não olha para você, diz não seja ridícula, por que raio é que ele haveria de cheirar a cabeça de um bebê.

Não sei, não sei, diz baixinho.

É uma pessoa horrível, diz ele.

Você sabe que é verdade.

Cole sai da sala. Não se mexe. Desejando, tanto, que pudesse sugar tudo o que disse, desejando que pudesse aspirá-lo para dentro da sua boca como uma bola de chiclete que estourou. Mas as palavras estão coladas em toda a sua cara e no seu casamento, e você não sabe se algum dia poderão ser retiradas.

Lição 110

nunca é demais alertar para o perigo de se dar o remédio errado

Cole sai porta afora. Fecha-a com estrondo. O ruído magoa. Ele nunca bateu a porta antes. Uma hora depois regressa, ignorando sua presença na sala de estar, indo diretamente para o quarto e você não olha para ele, mas estremece perante as pancadas curtas e secas das gavetas e armários. Estremece, mas não tira os olhos da televisão. Ele não fala. Nunca fez jogos desses, nunca deixou de falar.

A porta da rua bate com estrondo. Você vai ao quarto. Avalia o que ele levou. Tudo o que é essencial: despertador, agenda, botões de punho do avô, carregador do celular.

O seu coração ressoante, o seu coração ressoante.

Senta-se na cama, no silêncio pesado. Senta-se durante muito tempo e depois em alguma parte dessa noite tão, tão longa, corre para a janela de casa, para o alto da sua torre e olha para a calçada distante e pensa em todas as coisas sólidas e seguras que desapareceram da sua vida. Aspira o ar noturno. Olha a rua lá embaixo. Não há pessoas em lugar nenhum, nem carros, nem vida, tudo está em silêncio.

Senta-se novamente na cama. Consegue ouvir o silêncio zumbir enquanto o resto do mundo está aninhado debaixo dos lençóis, confortavelmente, dormindo.

A solidão é quase insuportável.

Portanto, a sua vida deu nisso. Este instante sentada na beira da cama, grávida e profundamente só. Tem a sensação de que a culpa é sua. O que fez com Gabriel lhe parece, pela primeira vez, uma traição. Ultimamente anda justificando-se durante tanto tempo, que não foi você quem deu a primeira martelada no casamento.

Mas aqui, agora, sem Cole, lhe parece terrivelmente frio, tolo e destrutivo. Sente um nó na garganta, as lágrimas vêm aos meus, aperta os lábios com força.

Liga para o celular de Cole: está desligado.

Lição 111

todas as meninas devem fazer a cama e arrumar o quarto para o bem da sua saúde

No dia seguinte, nenhum telefonema. Liga para o ateliê de Cole para saber dele, finge que é uma questão de trabalho. Ele saiu. Deixa o seu número de celular. Ninguém retorna a sua chamada.

O bebê se contorce e se espreguiça dentro de você, feliz como uma foca, sem noção de nada. Imagina-se tendo-o sozinha, agora, pegando ele no colo na cama alta de hospital, rodeada de amontoados de famílias felizes e tagarelas em todas as outras camas, de flores e ursinhos de pelúcia e conversas. E então ali está você, com um sorriso forçado, na solidão reluzente.

Ele nunca ficou sem telefonar.

Lição 112

as flores falam ao coração bondoso numa língua milagrosa

No quarto dia chega uma carta do ateliê de Cole. Ele está em Roma, fazendo um trabalho que andara adiando. Falara nele há cerca de dois meses, um quadro menor da *Descida da Cruz*, propriedade dos jesuítas. O dinheiro é pouco e o trabalho não é grande coisa. Cole lhe mostrou umas fotografias e lembra-se de ficar espantada com a estranha torção do tronco enquanto mãos caridosas descarregavam o corpo. Havia qualquer coisa que não estava certa, o artista captou mal o físico, como se estivesse pintando de cor e não a partir da vida.

A carta diz que Cole está, no momento, incontactável e não indica quando voltará. Foi o assistente que a enviou. Não tem qualquer marca do seu marido. Não consegue imaginá-lo ditando-a a outra pessoa, algo tão cruel, impessoal e cru. Tem a boca seca e os seus dedos parecem muito leves e desligados de você enquanto segura na carta. Ele nunca fez uma coisa dessas.

Nada sabe agora sobre o que vem a seguir.

Liga para os pais dele e deixa uma mensagem na secretária eletrônica, dizendo para ele lhe telefonar, odiando ter de lhes pedir ajuda. Vagueia pela casa e percebe o quão leve é a marca que o Cole deixa. Está sempre ofendendo-o para arrumar o caos que faz: ordenar as revistas, organizar as cartas e contas. Dele, restam apenas pequenos montinhos de trocos e uma pilha de recibos e agora, de repente, não é suficiente, parece-lhe chato e obstinado tê-lo contido tanto. Lava o seu cheiro fugidio das almofadas e lençóis e imediatamente se arrepende do impulso, uma vez mais, de o apagar com um esfregão.

Quer Cole de volta. Muito.

A sua mãe telefona. É só para saber de você, diz ela, e perante esta ternura rara as lágrimas escorrem e escorrem, grandes jorros de lágrimas, a sua boca está riscada de água.

Vou aí conversar com você, diz ela, é só o tempo de arranjar um voo.

Durante duas semanas a sua mãe fica ao seu lado, garantindo que haja sempre flores frescas, fazendo panelas de sopa caseira e enchendo a geladeira de taças, como o dela. Faz-lhe xícaras de chá sem esperar que as peça e exatamente como gosta, com leite, bem fraco; Cole nunca, desde que o conhece, há tantos anos, aperfeiçoou essa arte.

Durante duas semanas enrosca-se com ela na cama do quarto de hóspedes; não faz isso desde os dez anos de idade. A sua mãe não sabe até que ponto as coisas deram errado, apenas que Cole saiu de casa intempestivamente e não se sabe quando regressará. O objetivo dela é deixar você bem. Sabe, agora, que ela dá o seu melhor quando você está vulnerável, exausta, quando tudo desmorona. A relação foi simplificada, reduzida à necessidade fundamental de um filho ter a presença da mãe, e assim, a maldade entre vocês desapareceu, a fúria se evaporou. Não sabe quanto tempo estas tréguas vão durar, mas quer se aconchegar na sua tranquilidade enquanto pode.

Ela precisa partir no fim de quinze dias, foi o tempo máximo de férias que conseguiu que lhe dessem na escavação. Não quer ir embora, mas você diz que ela tem de o fazer. Devia tentar voltar ao trabalho, diz ela, enquanto espera que o táxi venha buscá-la. Ver se a sua vida entra novamente nos eixos.

Retrai-se.

Não, voltar ao ensino, não, ela ri. Mas precisa arranjar outra coisa para amar na sua vida além de um filho, de um homem, porque eles vão acabar sempre partindo o seu coração.

Sim, mas o quê?

Ela não sabe lhe responder. O taxista buzina.

Comecei a escrever uma coisa, diz-lhe, ainda não avancei muito. Uma versão moderna daquele livro antigo do avô. Uma perspectiva nua e crua do casamento — o que uma esposa pode pensar mas nunca diria.

Cole sabe disso, pergunta ela.

Não, exatamente não. Sabe que estou escrevendo um livro, mas não faz ideia do que se trata. Não quero magoá-lo. Acho... acho que ele ficaria em ruínas. Não sei o que ele faria.

Escreva anonimamente então, diz ela, quando o taxista buzina outra vez. Assim, ninguém se magoa.

Lição 113

as cédulas são dinheiro de papel

Nem sinal de vida de Cole.

Nem telefonemas de Gabriel, depois daquele que fez o seu mundo explodir.

Mas há uma nova força de vida dentro de você, rivalizando com os homens. A sua barriga é pública, agora, mãos esticam-se em direção a ela, com frequência, e em meio a todo o caos está se apaixonando por um corpo que não é seu. É lindo e terrível o que o bebê está fazendo contigo, há uma enorme violência na beleza, é fascinante, erótico, obsceno.

Como é que a pele pode esticar tanto? Será que depois encolhe e volta ao lugar, ou vai ficar enrugada e flácida como uma bolsa marsupial?

Não tirou a sua aliança; não quer lidar com essa complicação, é muito finalizador, muito abrupto, guarda, na sua cabeça, a possibilidade de tudo se resolver. Pelo menos o dinheiro continua entrando na sua conta, mas a sua mãe tem razão, precisa arranjar qualquer coisa para fazer, que adore, para preencher a sua vida.

Investe no seu livro, se puder. Parece ser a sua última oportunidade, antes de a maternidade pender sobre você e toda a sua vida recuar face aos avanços de outra. E o dinheiro acabe, porventura. Porque de todas as coisas que aconteceram com você, a independência financeira é o que de mais importante abdicou. Parece desconfortável, agora, dever tanto a alguém; é capaz de sugar toda a confiança para fora da sua vida.

Mas Gabriel.

Sussurra sem cessar diante essa recente sensação de ter um objetivo. Está grávida de sete meses e sabe que é errado desejá-lo, atirá-lo novamente para a sua vida. Quer telefonar para ele. O tempo cansou a intensidade daquelas tardes na casa dele, mas não o suficiente. Porque a vividez dele está de volta, com frequência agora, como ondas numa costa ele teima em voltar.

Lição 114

o valor do ar puro

Um fim de semana fora, na região dos Cotswolds, uma indulgência feminina num hotel com spa. Martha leva o carro, acelera pelas estradas estreitas, quer chegar antes da luz se esvair por completo. O céu está vermelho-sangue e dourado em grandes faixas luminosas; em Londres nunca fica assim. Ou talvez não se lembre de olhar.

Como vai o pessoal, pergunta.

Bem, bem. Julian está prestes a entregar, muito antes do prazo, claro. Tim teve de desistir durante uns tempos e voltar para as obras; o dinheiro que recebeu adiantado já se foi. Natalie, coitada, vai para a sétima revisão, está naquela fase horrorosa em que se convenceu de que nunca há de acabar.

E Gabriel, pergunta, tentando suavizar a subida de tom da sua voz.

Nunca mais deu notícias, diz ela, mas vai voltar. É mestre em desaparecer e depois reaparecer de repente, você sabe como ele é. Acho que está na Espanha, não sei bem por quê.

Pousa os pés descalços no painel do carro, os joelhos apoiados na barriga, e pensa nos momentos da sua vida em que foi mais livre, invariavelmente só, em que foi mais vívida, viva e desperta. Poderá algum dia recuperar essa vida? Martha bate no volante com a mão e diz claro que pode, só que vai levar o bebê contigo; há tantas mulheres que fazem isso.

A sua mãe, por exemplo, diz ela, percorrendo o mundo com o bebê amarrado ao peito.

Sim, acho que tem razão.

Mas você não é a sua mãe. Sente uma âncora agora. Não pode explicar isso a ela, uma mulher tão resolutamente sem filhos, que declara que não consegue tomar conta da sua própria vida quanto mais da de outra pessoa. Daqui a dois meses nunca mais poderá controlar a sua vida com a firmeza com que o costumava fazer, terá de se render à vontade de outra pessoa. Uma criança a acompanhará pela vida, e vai ter que participar enquanto mãe.

O céu está se fechando, a cor já quase desapareceu. Diz a Martha que não tem tido energia nem autoconfiança para avançar com o seu livro e teme nunca vir a tê-la, agora, porque deixou para muito tarde.

Você vai dar um jeito, ri Martha, se quiser mesmo fazê-lo. Escreva como se estivesse morrendo, ouvi dizer que é uma excelente maneira de uma pessoa se motivar.

Olha pela janela do carro. O pôr do sol espreita por entre o escuro, como um rasgão numa cortina. Cole ainda não ligou. Telefonou para os pais dele, disse para a secretária eletrônica que é urgente, três vezes. Pediu-lhes para lhe dizerem que o ama. Ninguém ligou de volta. Não estava à espera que o fizessem. Já tem idade suficiente, agora, e experiência, para não esperar que os seus desejos se concretizem. A menos que os force.

Lição 115

em tempo de chuva, pode acontecer que somente possamos nos exercitar dentro de casa

Está lenta como uma vaca, agora, enorme e bamboleante. O seu peito cresceu de uma taça P para uma G e não há sutiãs sensuais, nem sequer pretos, nesse tamanho. Está se tornando menos você, mais genericamente numa mulher grávida. É aguda e súbita, a perda de auto-estima. Ficará diminuída enquanto mãe? Vai se tornar invisível?

Mas por entre toda a incerteza há um ímpeto de criatividade. Volta à biblioteca. Senta-se à frente do notebook, rabisca algumas notas. O bebê não gosta que trabalhe, contorce-se e dá pontapés quando se senta como se dissesse ei, volte a se concentrar em *mim*. Mas não consegue, ainda não. Pondera a questão do anonimato: tem tão má reputação, é o estilo dos raptores, assassinos, chantagistas e mulheres que querem revelar algo das suas vidas secretas; expor-se, nuas. A sua decisão de não pôr o seu nome no livro lhe dá uma liberdade empolgante e audaz: nunca poderia escrever o que quer com o seu nome ligado às palavras, as consequências pessoais seriam bastante graves. Tem tanto jeito para reprimir a verdade na sua vida do dia a dia; sobre como realmente se sente, sobre o que realmente quer. A sua autora isabelina, tem a certeza disso, sentiu o mesmo tipo de embaraço. Caso contrário teria posto o nome no livro.

Ele telefona.

Está na secretária eletrônica, não consegue levantar o fone, com medo do que ele possa dizer, precisa ordenar as ideias.

Ele volta daí a uma semana.

Não há amor na voz dele, profissional, abrupta.

A noite azeda em seu redor.

Portanto, nenhum pedido de desculpa, nenhuma explicação, nenhum desejo de que você, e o filho dele, estejam bem.

Tem uma semana, apenas isso. Uma semana para se recompor, para poder voltar à sua vida de esposa, porque não é disso que ele está à espera? Como você. Uma semana para se mimar, para ser completamente egoísta, obstinada, indulgente: é a última oportunidade que terá durante muito tempo. Quantas vezes no seu passado é que amantes, que tinham ignorado as suas chamadas, lhe telefonaram de repente, do nada, e a arrastaram para uma rapidinha. E você dizia sempre, sempre, que sim.

Quer viver como esses homens, uma vez na vida.

Assim que falo de poder e autoridade, creio ouvir um homem me interromper e tentar silenciar a minha boca com o castigo imposto às mulheres: O seu desejo estará sujeito ao do seu marido, e ele predominará sobre você.

Lição 116

como tratar febres assim que elas aparecem

A noite seguinte, um sábado. Distraída à frente de um documentário sobre o Príncipe Eduardo e a Wallis Simpson. Um tablete de chocolate parcialmente comido ao seu lado; está quebradiço, devia estar mais macio. O seu estado de espírito, negro como as noites no campo. Desliga a televisão.

A violenta indiferença do Cole.

Pega no seu livro; está lendo Martha Gellhorn — *Nunca me senti tão só como quando estive casada* — e fecha-o bruscamente, dirige-se para o telefone e os seus dedos tropeçam nos números ainda tão presentes na sua cabeça, e quase de imediato ele atende. Quando ouve o muito familiar pois não dele, sente como se as suas entranhas estivessem sendo arrancadas.

Sou eu, diz.

Olá, diz ele, como está, e a ligeireza da sua voz lhe diz tudo o que precisa saber. O tom dele não tem cicatrizes. Ele está curado, andou para a frente; o seu coração se afunda.

Preciso ver você, diz, querendo derrubá-lo juntamente contigo.

Ele ri. Gostaria muito, mas vou para a Espanha amanhã bem cedo.

Ah.

O argumento está se compondo. Vou a uma tourada na segunda-feira à noite, para terminar a pesquisa.

Ótimo, ainda bem: nem tem noção do que diz, desejando-o apenas junto de você, ao telefone, não querendo que ele parta, não querendo esta noite sozinha.

Então e onde é, a tourada?

Chiclana, um lugarejo perto de Sevilha. Foi lá que o meu pai começou a carreira.

Ah. Que bom.

Em outro momento, talvez?

Sim. Claro.

A sua voz recua.

Portanto, ele sente, agora, que não precisa se esforçar.

E você o deseja mais do que nunca.

Lição 117

como é que as pessoas apressam a morte?

A cerca de uma hora de Sevilha.

A última semana de gravidez em que lhe permitem andar de avião.

Não sabe ao certo por que está aqui, mas é uma sensação magnífica, esta de fazer uma coisa tão absurda e impetuosa, irresponsável e impensada, para acabar com toda a censura em relação a você. Sabe que é errado encurralá-lo novamente, mas esse pensamento não é o suficiente para refreá-la.

Que poço de necessidade tem dentro de você? Querer fazer isso nesse exato momento, com o seu marido quase de volta para casa e o bebê, em breve, na sua vida.

Sabe a resposta, mas não tem a certeza se consegue colocá-la em prática: está se permitindo uma explosão de puro egoísmo, antes de se render às necessidades de todos os outros.

A arena é ridiculamente pequena, poeirenta, improvisada, no meio do ruído ofuscante de uma feira popular.

Não é nada do que esperava. É o estrondo e a barulheira de um espetáculo de rua, de um lado, e uma montanha-russa a estremecer a sua carga de rostos gritantes, do outro. A unha do seu polegar inscreve uma prega no bilhete. Está quente, o ar seco. São sete e meia da tarde, mas o sol ainda queima. O bebê se contorce; tomara que esteja bem. O ambiente na arena tem um ar de imundície e jeito de uma luta de galos. À sua volta, em duros bancos de madeira, estão amontoados de homens de meia-idade com os amigos em noite de diversão. Olha para eles, à procura de Gabriel em todas as formas improváveis. Está corada, prenhe, obviamente estrangeira, não sabe o que vem a seguir. Não devia estar aqui.

Querendo-o, apenas isso. Vale a pena tudo, tendo um desejo tão grande cantando no seu sangue.

Uma banda de metais no banco ao seu lado ataca uma fanfarra. Senta-se inclinada para a frente como uma criança, tão curiosa sobre tudo isso; Gabriel contou tantas coisas a você. Um touro entra a trote na arena, relutante. Sempre imaginou a besta de torneio como sendo enorme, preta e reluzente, empurrando a cabeça contra o inimigo como uma locomotiva, mas este é pequeno, castanho, esguio, perdido. Olha em volta para os degraus de assentos.

Na arena, quatro jovens correm de um lado para o outro, atraindo e instigando atrás de quatro biombos de madeira. Ninguém parece ter as rédeas na mão, nem os homens, nem o touro, é uma farsa, uma representação teatral, não estava à espera disso.

Os seus olhos detêm-se numa figura que só pode ser ele, aquele ângulo definido dos ombros. Ele está do outro lado da arena. Atrasado, com um punhado de homens que parecem familiares. O seu coração bate com força, o sangue lhe sobe à cabeça, sente o seu latejar.

Uma última lição, uma última jogada, é tudo o que quer, antes de Cole retornar.

Um homem mais velho entra na arena. Segura dois paus compridos decorados com coloridas fitas de papel, são comicamente festivos. Empunha-os bem alto com as duas mãos e, nas pontas dos pés, espeta-os agilmente entre as omoplatas do touro, como se fosse um maestro terminando uma peça com um floreado. O animal fica colérico. O seu sangue é espesso, vermelho, reluz no calor como tinta derramada, brilha contra o seu suor. Gabriel se ruboriza como todos os outros. Tem calor. Imagina-o suando, quer passar a sua língua por ele. Sente pequenos relâmpagos na barriga, como um céu anfitrião de uma distante trovoada. O ambiente perde o seu ar de farsa. O bebê dá uma lenta cambalhota dentro de você, devagar como uma baleia. Pousa a mão na barriga para o acalmar: Gabriel ainda não sabe disso. Sai espuma da boca do touro, está ficando cansado, ouve a sua respiração ofegante, vê o sangue, o seu desconcerto. O matador entra na arena. É baixo, ridiculamente baixo. Vestido de um sombrio cinzento, como um agente funerário teatral. O pênis foi colado à coxa, as calças são muito justas, caso contrário, qualquer bocado de tecido mais largo poderia ficar preso num dos chifres, disse Gabriel uma vez e você estremeceu, por dentro, enquanto ele falava.

Quer se levantar e ir até para ele, entrar nesse grupinho apertado, mas são muitos os joelhos que precisaria pular. Mantém os olhos nele enquanto ele observa a tourada. Já viu essa concentração nele, antes: no apartamento de Londres, enquanto arregaçava a manga da blusa para entregar o seu braço à boca dele, enquanto lhe desabotoava o cinto.

O matador atrai o animal, obrigando-o a se aproximar de você, quase roçando-lhe. Estão comungando um com o outro, ele fala com o touro e você se inclina para a frente a fim de ouvir, sabe Deus o quê, não compreenderá as palavras. A banda na bancada ao seu lado impugna um comentário intermitente como um pianista preguiçoso num filme mudo. O touro roda, mais devagar, e consegue ver agora claramente a sua idade. Gabriel disse-lhe que os animais nunca têm mais de quatro anos, mas este parece mais velho, mais cansado do que isso; talvez tenham feito uma certa trapaça para esta tourada regional. O touro pressente a derrota, está exausto. O matador esconde uma pequena espada afiada atrás das costas e rodopia, belíssimo, e o animal endireita-se e torna a investir e Gabriel aclama juntamente com os outros. Parece uma coisa tão unilateral; sente-se agoniada. Esfrega a barriga e pensa na vida fermentando dentro de você e imagina-a em pânico, impotente, com tudo a seu desfavor. Não está apreciando o espetáculo. Gabriel descrevera-lhe todo um mundo diferente, quando lhe falava das corridas: um mundo de disciplina, ousadia e beleza, mas o que vê diante de você parece apenas desesperadamente triste e fica boquiaberta. É uma covardia. Um tédio. Há tantos momentos parados, observando, à espera, avaliando o inimigo, ofegando.

O matador olha pela mira da espada e enterra-a no pescoço largo do touro e depois arqueia o corpo, com o arrojo da pincelada de um calígrafo. O touro está colérico, debate-se, o seu enorme coração explode. Dobra-se pelas patas. Cai para o lado. Ergue a cabeça agonizante.

Já viu o suficiente.

O ventre do animal ainda sobe e desce, remexe os olhos, tem uma expressão de profundo espanto: quem são estes bárbaros? Um punhal espetado atrás do cocuruto, rasgando a espinha dorsal e finalmente, finalmente a cabeça exausta pende. A matança foi difícil, tivera que deter um espírito tão grande e lutador.

Olha para Gabriel. Levanta-se, alta, enfia a cabeça por cima dos homenzinhos morenos, não se senta. Ele não a vê, a princípio, não a vê, está falando e rindo e tem o braço pousado sobre o ombro de outro homem, um tio ou um primo, talvez, não te vê. Até que vê.

Para de falar.

Ruboriza, intensamente.

Um aceno silencioso e discreto de reconhecimento. Insuportável de tanta intimidade, como se você e ele fossem as únicas pessoas ali presentes. Diz-lhe tudo o que precisa saber: não precisará se esforçar, ele dirá que sim.

Ele prolonga o instante por tempo demais, as pessoas com quem está olham para ele, tentando ver o que focam os seus olhos.

Lenta, lentamente, senta-se.

Trêmula. Molhada.

Lição 118

nunca compre algo que não possa pagar

Há mais cinco touradas. Não aguenta ver nem mais uma. Queria outra coisa completamente diferente, a tourada da sua imaginação: a sensação empolgante de competição entre homem e besta, a bela astúcia da dança do matador, a força invencível do touro.

Por que é que se sente tão desiludida?

Estava à espera que lhe fossem revelados os segredos dos homens e do seu machismo, talvez, os segredos de Gabriel? Os matadores optaram pela via mais fácil e você não estava à espera disso.

Qual é a fraqueza chocante em praticamente todos os homens que conhece? As lamúrias infantis quando estão doentes. A necessidade de que sejam as mulheres pedindo informações na estrada, por eles. Ajuda para comprar roupa. Telefonar marcando hora no barbeiro para eles cortarem o cabelo, porque não se dão ao trabalho de o fazer por conta própria. A incapacidade de pegar no telefone se querem pôr fim a uma relação. Serão as fraquezas, que vê repetidamente, um sintoma dos homens desta idade, ou existiram sempre, e as mulheres, secretamente, sempre souberam delas?

Mais fortes do que o vinho e do que os reis são as mulheres.

Sabe uma coisa, enquanto Gabriel a fixa do outro lado da arena: ele ainda não esqueceu e andou em frente. Bastou parar e corar para você saber. Mas ele não sabe que está grávida, não pode ter visto a sua barriga atrás dos homens da multidão.

De repente, parece tão absurdo e irresponsável agir de impulso para tê-lo de volta; ainda que só por uma vez. Os homens estão constantemente atraindo ex-amantes — por que é que, agora, nessa mesma situação, se sente subitamente tão incomodada? Não pode virar as costas à sua natureza, ela seguiu você até aqui, pisando nos seus os calcanhares, chamando-a de volta.

Devia ir embora imediatamente.

Ele está olhando para você.

Lição 119

todas as pessoas, muito naturalmente, gostam que as considerem dignas de respeito

Avança ao longo da arquibancada, faz sinal de que estará lá fora, na entrada. Ele sai quase tão depressa quanto você. O seu coração transborda: a ânsia dele.

Ele ruboriza, ao ver a sua barriga, para. Você dá um passo a frente sem dizer nada, pega nas mãos dele, depois se move, hesitantemente, para tocar seu rosto. Ele afasta como uma criança faz, quando a mãe leva a mão com cuspe para limpá-la; ele não a toca. Olha novamente para a sua barriga.

Bem, não esperava por isso.

Não é seu, não podia ser, ri embaraçada.

Eu sei, diz ele, bem depressa.

Pega no seu braço, não olha para você, está puxando você para fora da arena, como se tivesse vergonha disto tudo e você treme por dentro, perante a resposta dele, vacila de repente, ansiosa, repreendida. Nervosismo de primeiro encontro.

Gabriel também parece distraído, mudado. Os cabelos não tão pretos-tinta como você se lembrava, gastos.Vê ele agora como um homem que entrou subitamente naquela fase indefinida em que ainda não é de meia-idade mas também já não é jovem. Uma fase de incerteza, em que as mães param de perguntar quando é que os filhos arranjarão uma moça simpática e firmarão, e começam a fazer outras perguntas: o que é que se passa com ele? E enquanto caminha ao lado dele por entre as ruas poeirentas e agitadas de *fiesta*, sente outra presença entre vocês. Uma nova mulher, talvez, ou apenas ele andando com a vida para a frente, não sabe, mas algo se extinguiu.

Ele se vira, ri e de repente lhe beija, com um jeito despreocupado, depois de toda a sua indiferença, mesmo com o bebê enorme entre vocês. Como se por uma vez apenas, nesta noite louca, ele quisesse recordar como foi. Retribui o beijo. Chocada, chupando-o profundamente, incapaz de decifrá-lo imediatamente.

Vejo que andou ocupada, diz ele, e você sorri, tímida, e olha para baixo, esfregando a sua barriga.

Então.

Murmura uma desculpa por ter desaparecido, murmura que precisava resolver algumas coisas na sua vida e ele diz, sim, sim, é o que todas dizem, ouve a voz brincalhona dele e fica tão aliviada por ter o velho Gabriel de volta, puxa ele, anda, seu maluco, vamos sair daqui, e ele ri e puxa você também, dizendo vamos no sentido errado, *mi amor*, por aqui, tenho um quarto reservado num hotel, e começam ambos a se descontrair naquele antigo e familiar companheirismo, suave como sorvete escorregando pela sua garganta. Depois o silêncio enquanto percorrem as ruas com a cumplicidade meiga de velhos amantes, sem saber o que vem a seguir.

Então o que é que achou da corrida, pergunta ele.

Não foi como eu esperava, queria ver toda aquela severidade e beleza de que me falou, mas tudo me pareceu, não sei, covarde. Triste. Não gostei nada.

De onde vem essa sua crueldade, de que cicatriz profunda dentro de você? A crueldade que lhe faz dizer ao seu marido que é um fracassado, à sua mãe que pode amá-la mas não gosta dela, ao seu amante que a sua paixão parece prepotente e fraca? Aqueles que lhe são mais próximos são os únicos que a veem, mais ninguém acredita que existe.

Você nunca está satisfeita, não é, diz Gabriel, e as mãos dele, brincando, lhe agarram pelo pescoço; com um pouco de força a mais, apenas um pouco.

Lição 120

a modéstia é sagrada e positiva

O que faz aqui, pergunta ele, enquanto roda a chave do quarto de hotel.

Eu…

Cala-se, não consegue prosseguir, as pontas dos seus dedos comprimem a sua boca; já não sabe por que é que veio para Sevilha, por que é que não saiu da arena, da vida dele. Isso está errado, está errado.

Está grávida, diz ele. Eu não devia estar fazendo isto.

Eu sei.

Mas quero, diz ele, aproximando-se.

Acho que não devia estar aqui, protesta, afasta-se.

Mas está aqui, diz ele.

Ele a beija assim que a porta se fecha, encosta você em uma parede. Tire a roupa, diz ele baixinho, respirando junto do seu ouvido — sempre adorou quando ele fazia isso. Hesita, baixa os olhos para a sua barriga, despe a roupa lentamente, a sua barriga paira como uma lua, marcando-a como tabu e há um estremecer, o bebê, mas não consegue dizer não, não consegue resistir ao pedido. Gabriel afasta-se com as mãos enlaçadas atrás das costas, observa o seu corpo, sorri. Depois deixa-se cair de joelhos e faz deslizar as palmas das mãos pelos seus peitos e pelo seu ventre, agora esticado como um tambor, roça-se entre as suas pernas e de repente enfia dois dedos em você, sem avisar, como um pau no musgo inchado de chuva. Não estava à espera disso, da violência disso, não foi você que o ensinou. Algo mudou, ele adquiriu confiança, é surpreendente; os seus joelhos cedem. Estende a mão para se apoiar, está quase gozando, ele está diferente e não sabe por quê mas a faz querer que ele continue, e continue, e continue, para ver aonde vai parar, não quer que ele pare.

E vocês são três neste quarto de hotel. Tentando não pensar nisso.

Enrosca-se de lado na cama, espera que ele se dispa. Agora você observa o corpo dele, sempre lhe deu prazer saboreá-lo. Os quadris perfeitos, a cicatriz pálida onde lhe tiraram o apêndice, o pequeno crucifixo de prata no pescoço, os pulsos de pianista, o meio coração de pelos do peito, a pica comprida e torta. Gabriel cobre seu corpo com o dele e lhe beija no pescoço, e você sente a rigidez dele roçando no seu rego e depois lhe vira lentamente, cara a cara, e vê pela primeira vez a concentração dele, vê no rosto dele que este tipo de experiência é inteiramente nova e estranha; emocional, e fisicamente, é algo de incerto, um desempenho impossível de ensaiar.

Artigo um: a dona de casa suburbana.

Artigo dois: a mulher gravidíssima.

Artigo três: só Deus sabe o que vem a seguir.

É linda assim, tão linda, murmura ele com as mãos na sua barriga e nos seus seios e você devia estar odiando tudo isso, devia estar olhando para dentro, nutrindo, em vez de enfurecida de desejo, mas nesse momento cobiçoso está pronta para entregar-lhe toda a sua vida. Consegue sentir profundamente, através dos beijos e carícias de Gabriel, que a sua maneira de fazer amor se tornou mais firme, agora ele sabe o que faz, as "aulas" deram resultado. O seu toque é competitivo e criativo, como se estivesse tentando apagar a recordação de qualquer outro homem com quem esteve, carimbar a sua pele com a permanência do seu próprio toque. Sente o ardor da inveja: que outra mulher tocou ele, que lhe deu essa confiança, esse domínio? E no entanto, a ideia de outras mulheres excitava-a, há tempos. Quando o tinha bem preso.

Vira-se novamente e Gabriel mete em você por trás, está grávida de trinta e quatro semanas, não devia estar fazendo isso, mas antes de ter tempo de resistir a ele, goza, quase antes dele começar, goza uma e outra vez, os orgasmos tropeçam uns nos outros, apoderam-se de você. Aperta os dedos dele e ele aperta os seus e as suas articulações estão brancas como ossos e a onda de choque perdura e perdura.

Quero gozar dentro de você, sussurra ele.

Parece uma violação, não parece correto. Não é correto. Não lhe diz isso.

Por favor, pede.

Nem sequer o sente.

Lição 121

os pés devem se manter quentes e secos

À uma da manhã, ou por volta dessa hora, ele está no sofá do hotel e você, sentada numa cadeira à sua frente com os pés descalços cruzados em cima do peito dele e as plantas dos seus pés conseguem sentir-lhe o coração, o seu ritmo, e ele baixa a cabeça e olha para cima, os olhos riscados de sangue, e é então que começa a sinceridade total.

Acho que não consigo continuar com isso, diz ele. Acho que não devíamos voltar a nos ver. É uma espécie de doença que me remói as entranhas, diz ele, porque é tão bom; mas agora está grávida e isso é sagrado para mim; eu sei, eu sei, diz ele, apesar do que fiz. Mas tenho que andar com a minha vida para a frente. Você me transformou por completo, foi crucial para mim e nunca me esquecerei disso. Mas agora tenho que cuidar da *minha* vida. O trabalho está finalmente avançando, já tenho um produtor interessado, o roteiro começa a ir bem, e depois você interrompe e articula todo o seu discurso; só precisava vê-lo, é só, uma última vez, e a sua voz é bem rápida e ligeira, é desejo de falar primeiro e enquanto fala consegue ler o seu coração acelerado através das plantas dos seus pés. É uma tortura, é uma tortutar, tudo isso; ele não devia se afastar nessa altura. A sua voz repete-se, treme e esmorece: uma última vez, é só isso, diz-lhe, vai voltar para a sua vida de Londres depois disso, nunca mais verão um ao outro, a partir desse ponto qualquer esquema entre vocês chega ao fim, acabou-se, acabou-se, ponto-final.

A grande serenidade, a anestesia do choque quando tudo se acalma, até o seu coração. O choque perante a rejeição dele e de você lhe dizer que não há retorno possível.

Ficam ambos calados. O seu pé se mantém comprimido contra o coração dele. É como se vocês dois estivessem à espera que algo grandioso fosse dito, mas nenhum tem a vontade, ou a coragem, de lhe dar voz.

Estão ambos quietos, tão silenciosos. Ouve o trânsito lá fora, o gemido de uma sirene. E depois, muito baixinho, ele ri: bom, nesse caso, acho que a seguir vou experimentar uma garota chinesa.

É atordoante; esse momento. Sorri perante as palavras dele, é um reflexo involuntário, como quando ouve dizer que alguém morreu. Portanto, uma garota chinesa a seguir, como um chocolate diferente da mesma caixa de bombons? Fecha os olhos: não diga isso, por favor, pensa, por favor não seja como todos os outros homens. Não lhe ensinei a ser melhor do que isso? As suas palavras mudam completamente o que sabe dele.

Tira o pé de cima do peito dele. Porque, nesse instante, abriu-se toda uma outra possibilidade.

Que ele tenha planejado isto desde o início.

Como se libertar da sua virgindade.

O objetivo: encontrar, num café, a dona de casa suburbana e sossegada. Uma mulher que não fosse suficientemente bonita ou arrogante ou segura para lhe dificultar a vida, de quem ele não tivesse medo, que, depois, pudesse ser facilmente apagada. Que nunca contaria a ninguém. E que nunca zombaria dele. Mas tudo se tornou mais intenso e ele não contava com isso; a sua dona de casa discreta devia ser descartável, era esse o plano no início.

Para ele poder avançar para o que realmente queria.

Gabriel começa a lhe beijar e você o detém, afasta-o do seu pescoço, diz-lhe que é muito íntimo, não lhe diz que vai doer em excesso. Portanto, alguém sentada sozinha num café que não fosse bonita demais, porque os homens se sentem mais à vontade com a imperfeição e a fraqueza, é menos ameaçador, claro. Ele não consegue ver os seus olhos, o ardor das lágrimas que sabe que não estancarão se as deixar cair, não quer lhe dar esse prazer.

Quando entra para o elevador, ouve-o lhe chamar, espera, volta, estava só brincando com você, mas você não se vira, o elevador se fecha, ele bate na porta, bate para que pare.

Mas você já foi embora.

Descendo pelo edifício abaixo, abaixo, abaixo, a sua cabeça encostada à carpete da parede, os seus olhos fechados com a anestesia do choque; tudo se acalma, até o seu coração.

Lição 122

as meninas deviam, por norma, se recusar a emprestar

A tristeza, brilhante como marfim, enquanto percorre as ruas esfarrapadas, fedorentas, na manhã seguinte à *fiesta*.

Ele será um belo amante. Foi uma boa professora, sempre foi. E aprendeu tanto quanto ensinou, e sempre lhe restará isso. Se ousar retornar a essa fase.

Terá ciúmes, devastadores, de qualquer relação que ele venha a ter. Será melhor nunca vir a saber.

Nunca deixará de o desejar.

No seu quarto de hotel deita-se de barriga para cima na cama estreita e afundada. Não devia se deitar assim nesse estado tão avançado de gravidez, comprime uma artéria, a parteira lhe avisou, mas na madrugada dessa manhã não se importa, não dessa vez, precisa de um pouco de prazer só seu. Espreguiça-se e o bebê contorce-se e dança dentro de você, as mãos e pernas entrelaçam-se em você como massa de pão.

Esta viagem não devia ter magoado tanto.

Enrosca-se de lado. Sente Deus envolvê-la com os braços e dizer para elanavega, navega, avança.

Toma o primeiro voo para Londres.

Lição 123

o coração se torna mais forte e maior com o esforço acrescido que lhe é imposto

Em casa.

Abre a porta para uma estranha euforia. Atira as roupas no chão e esfrega-se, limpa-se, e torna o espaço inteiramente seu. Entrando a passos largos, finalmente, na solidão. Sente que parte do seu corpo lhe foi arrancada, como se tivessem rasgado um pedaço da sua carne. Mas sente-se poderosa, também, porque é livre, depois de tanto tempo; o grande fardo da incerteza, da culpa, desapareceu.

Mas depois vem a raiva.

Por todas as vezes no passado em que disse eu te amo e se sentiu despida. Por todas as vezes que eles nunca telefonaram para você. Por todas as paixões que se evaporaram, sombriamente, em casos de uma noite desenfreada. Por todas as vezes que eles a afogaram. Sugaram a sua energia. A sua autoconfiança. Lhe deixaram suspensa. Lhe abandonaram. Quiseram uma garota chinesa depois.

A fúria cospe e faísca enquanto limpa os armários da cozinha e aspira todos os cantos. Martha aparece em sua casa: é o instinto materno encarnado, ela ri, afastando-se.

Olha que não, é outra coisa.

Lição 124

deve-se preparar as roupas do bebê e tratar de outras questões domésticas

Está atarefada à frente do computador porque agora tem que ser assim. O bebê lhe dá um murro com o punho e você solta um grito sentada à mesa. Parece que vai romper a sua pele, está tão esticada. Antes, parecia tão aconchegado lá dentro, como se nada o afetasse. Agora, à sua mesa, olha para baixo e vê um alto protuberante à esquerda do seu umbigo, uma cabecinha; suavemente, empurra-a para trás.

Cole volta daí a um dia. A voz profissional lhe informou da chegada.

Precisa trabalhar. Precisa arranjar outra coisa na sua vida. Está sentada à sua mesa porque não sabe o que está para lá da data do nascimento do bebê ou quando voltará a estar sentada à sua mesa. É disciplinada, enérgica, não está dispersa, cansada ou adiando, como costumava fazer. As palavras precipitam-se e atropelam-se para sair. O trabalho substitui a dor, empurra-a para fora de você. Está calma e forte quando trabalha, sente-se acesa. Estar à sua mesa é um antídoto, um bálsamo, porque significa ter uma voz, significa dizer e fazer exatamente o que quer.

Há tantas coisas, também, a preparar para o nascimento. Aprendeu o conceito de enxoval de bebê pela primeira vez na vida e pelo visto precisa de um. Compra os itens grandes, agora, a cadeirinha, o berço, a banheira, e lava roupas de bebê com sabao de um tipo que nem sabia que existia. E está sempre colocando a mão por baixo da sua barriga, amparando o seu filho para que serene.

Espanta-a a clareza e determinação com que está entrando nessa última fase da gravidez. E o arrebatamento da perda que a acompanha é solene, erótico e selvagem, como nunca sentiu antes. A perda de Gabriel, de tudo o que ele representava.

Sente que está sendo rebocada para outro reino; sente, finalmente, que é dona da sua própria vida.

A sua mãe telefona, pergunta como está, tem telefonado muito, ultimamente. Quer saber quando é que Cole retorna. Diz-lhe dentro de um dia; não lhe diz que não faz ideia do que a espera. Pergunta-lhe se ela quer vir para a sua casa durante uns tempos, para estar presente quando o bebê nascer. Não, diz ela. Ah, responde, por quê? Porque esta fase é especial para você e para Cole, diz ela: o nascimento do primeiro filho é um acontecimento mágico e milagroso em qualquer relação, e uma sogra não deve se intrometer.

Eu sei, porque nunca tive isso. Mas vi isso acontecer à minha volta com frequência.

Oh, mãe. Lamento tanto.

O seu coração abre fendas. Porque, agora, com a maternidade às portas da sua vida, começa, finalmente, a compreender uma parte da vida da sua própria mãe.

Lição 125

desperdiçar é pecado

O Cole volta essa noite. Anseia por telefonar à Theo, não sabe bem porquê, logo hoje. Desliga ao segundo toque, quer falar mas não fala: a amizade dela era tão exigente e com um bebê vai ter que ser mais rigorosa com o seu tempo. E há muitos meses de silêncio para explicar, muitas perguntas para fazer. Sabe que se lhe abrir a porta uma frestazinha, ela entrará de rompante, esmagadora. Não poderá voltar aos encontros para tomar café decididos de repente, não obedecerá quando ela lhe ordenar *atende, atende* na secretária eletrônica, não terá tempo para longas conversas pela noite adentro; é tudo tão cansativo, fica exausta só de pensar nela. E ela está tentando engravidar e não quer competir por causa da maternidade: já percebeu que é mais um campo de rivalidade entre as mulheres. Não gostaria de ouvir Theo comparar qual dos bebês dorme melhor, tem mais cabelo, sorri mais.

Não a quer, aliás, presente na vida do seu filho, seja de que maneira for.

Música, a sua música, muito alto. Embrulha-se no seu roupão de seda chinesa que é bem vistoso e delicado para se usar, mas hoje não se importa. Serve-se de um cálice de vinho tinto. É o seu primeiro desde há tanto tempo e lhe cai tão bem, tão suave.

A solidão reluzente.

A chave na porta, como nos velhos tempos, quando Cole voltava do trabalho. A pancada seca das malas pousadas no corredor. Ele não entra. É como se cada um de vocês quisesse ouvir o outro, primeiro, para avaliar o tom.

Ele fica muito quieto na entrada; o seu coração aos saltos.

Foi para a cama com ele; é só o que ele pergunta.

Não.

A mentira lhe sai facilmente; olha para ele em cheio nos olhos, a boa atriz, a boa esposa, preparou-se para isso. A relação não sobreviverá à brutalidade da sinceridade total, sabe disso.

Ele se dirige para você, a cabeça caída para o lado. Sua tola, diz ele, sua tola, tola.

O alívio.

Sorri, como um guarda-chuva virado do avesso.

É mais forte do que você. E não consegue falar, por causa da bondade na voz dele; parte o seu o coração.

Lição 126

o pó deve ser removido e não apenas deslocado para outro lugar

Nessa noite, Cole a abraça com tanta força, a encosta na parede como se estivesse agarrando-se a uma tábua de salvação num vasto oceano desconhecido. O corpo dele lhe é profundamente familiar, há toda a uma carga de experiência por trás desse abraço. Pensa nesse amor que corre tão profundo e forte, como um rio subterrâneo. O que existe entre você e Cole é tão complexo, mutável, vivo; o amor ondula e flui, jorrou do nada, um lugar estéril, e por vezes, em momentos sombrios, parece se retirar para esse espaço vazio.

Mas depois volta. Maior. Mais rápido.

Vira-se de frente para o seu marido, beija-o suavemente, inquiridoramente, na boca e ele sorri e faz um aceno de cabeça distraído no sono. O bebê está acordado por baixo da sua pele. Coloca a palma larga de Cole na sua barriga e ele sossega, como se o bebê estivesse sentindo a pele dele, recordando o seu toque.

Nessa noite, a imagem de Gabriel se esvai, como um peixe que se soltou do anzol.

Cole acorda cedo, ao raiar do dia. Já está desperta, de barriga para cima.

O que é que aconteceu realmente com Theo, pergunta no ar puro da manhã. Talvez, agora, ele fale, com esta nova pureza entre vocês. Ele fala. É muito simples e estúpido, diz ele. Não sei por que é que não contei antes. Vira-se para você. Ela percebeu que nós andávamos com problemas, por isso me ligou e se ofereceu para me contar os truques e segredos para preservar uma esposa.

Estou vendo, sorri, levanta as sobrancelhas. E quais são?

Ele brinca com o colar de prata no seu pescoço, sempre gostou de fazer isso. Ah, você sabe, ri, aquela velha história das flores uma vez por semana, e ouvir o que quer, e lhe dar espaço.

Sei.

E sexo oral, solta uma gargalhada, ela pôs muita ênfase nisso. Disse que você não tinha jeito nenhum para dizer o que queria. Detém-se, fala com mais cuidado. Nós nos tornamos amigos. Tomávamos uma bebida de vez em quando, depois do trabalho. Gosto dela. E foi só isso.

Sorri, olha para você direto nos olhos. Um silêncio intenso. A sua boca está seca. Apoia o rosto nas mãos, ri. Portanto, o seu marido não conseguia lhe dizer que andou tendo aulas, com a sua melhor amiga, sobre a arte de preservar uma esposa. E você escolheu acreditar nele. Finalmente. Finalmente é claro: primeiro vem a escolha, depois segue-se a crença, docilmente guiada como um cão de caça com coleira.

Então e o que é que a Theo realmente quer, pergunta. Nunca entendi isso.

Bom, ela está doida para ter um filho, já sabe disso. Anda tentando há dezoito meses. Fertilização *in vitro*, tudo, mas nada deu certo até agora.

O seu coração se torna solidário com ela; precisa telefonar para ela.

Mas não o faz.

Lição 127

a crueldade castiga a si própria, como é devido

Dois dias depois, uma carta. Em papel grosso, cor de creme, tão convidativo para a mão. Os seus dedos deslizam hábeis como um lagarto sobre as pancadas surdas das letras.

Sou eu, novamente. Pela última vez. Por favor não pare de ler. Por favor me escute e eu prometo que nunca mais voltarei a escrever. Nunca mais te procurarei, se for essa a sua vontade. Ora, vai ter um bebê. É tão, tão afortunada. Cole também. Que bonita família vocês vão formar. O meu coração dói sempre quando eu penso nos três e na felicidade de vocês. Acho que um filho completa as nossas vidas. Demorei muito tempo para perceber isso, que uma vida sem filhos é uma vida à deriva.

A sua mão esfrega o seu ventre e descansa numa suave protuberância, o bumbum do seu bebê, a parteira lhe explicou que era isso.

Portanto, fui eu quem lhe escreveu as cartas. Não me pareceu uma loucura tão grande, naquele momento. Foi uma maneira de chegar até você, a única maneira, e você era tão difícil de alcançar. Foi uma maneira de surpreendê-la; de maneira positiva, esperava eu. Imaginava você lendo-as e pensando que pudessem ser de uma série de pessoas: o cara com quem dormiu quando tinha vinte e quatro anos e que nunca mais viu, mas sempre se perguntou como estaria, ou o cara com quem nunca dormiu, mas que sempre desejou. O homem que seria perfeito para você, mas em relação ao qual nunca fez nada. Queria enfeitiçá-la de alguma maneira, adoro fazer essas coisas. Você sabe.

Há outro motivo para eu ter escrito as cartas e é esta a parte mais difícil de contar. Talvez não devesse lhe dizer, sempre fiz questão de não o fazer, mas sinto que precisa saber. Eu queria que Cole as descobrisse. Queria que ele duvidasse de você, porque ele nunca duvida. É tão boa pessoa. Ele me disse, mais de uma vez, que nunca lhe deixará. Devia saber disso. Aceitei-o, agora. Estou assombrada pela devoção que ele tem por você e pelo amor que vocês partilhavam.

Como se o punho de um gigante estivesse apertando o seu coração, como se estivesse o retorcendo, como se estivesse espremendo o sangue todo.

Só queria que soubesse que lamento, lamento tantas coisas. Foi uma amiga tão boa para mim e eu não sei por que é que acho que tenho o direito de ser mais cruel exatamente com quem me trata melhor, e com quem mais amo. Não sou boa pessoa, em muitos sentidos. Por vezes, faço coisas terrivelmente egoístas. É mais forte do que eu. Haverá quem não as faça? Você, talvez, e olha o que eu fiz com você. Não consigo imaginar que alguma vez compreenda o que aconteceu. Só tinha de lhe dizer isto, e estas cartas malucas pareciam a única maneira de chegar até você. Cole me diz que ainda o interroga, que não consegue esquecer. Ele nunca lhe contará. Não me parece saudável que não saiba. Lamento, e eu te adoro. É só o que queria lhe dizer.

T

Vem à tona e aspira o ar com grande ímpeto, aparece para o ar e para a luz.

Depois de ter estado submersa durante tanto tempo, em profundidades tão esmagadoras.

Deita-se na cama, de lado, durante muito tempo, durante um dia inteiro, até a luz diminuir e estancar. Qual é o objetivo ao lhe enviar isto agora? Estará a Theo cedendo? Irá querer que você ceda? Sentirá, finalmente, que perdeu a batalha? Estará se retirando de uma maneira graciosa ou começando uma campanha mais insidiosa?

...o amor que vocês partilhavam... Cole me diz que ainda o interroga...

Ela é boa, muito boa, sempre ganhou todas as suas batalhas.

O bebê dentro de você muda de posição, como se protestasse contra o fervilhar do seu sangue. Conhece todas as histórias de vingança: as cabeças de prego costuradas em bainhas de cortinados e o retalhar dos termos do marido e fazer ligações para linhas cobradas a preços exorbitantes por minuto e deixar o telefone fora do descanso. Ah, não, você queria uma vingança bem mais grandiosa do que qualquer uma dessas, algo que os assombrasse para sempre, que os marcasse para o resto das suas vidas.

Mas, uma vez mais, talvez perseverando signifique que saiu mais vencedora.

Ela quer que confronte Cole, pressente isso. Descobrir qual é a posição dele, trazer tudo à luz. Nunca lhe dará nada que ela queira. Ela nunca desconfiou que fosse capaz de surpreender, foi isso que a carta dela lhe disse.

Lição 128

orgulhe-se de não ter dívidas

Cole volta para casa por volta das dez e ainda está enroscada na cama. Ignora-o quando ele entra no quarto, não vira a cabeça, não consegue falar, o seu coração está cheio até a boca.

Ele despe a camisa do trabalho e a joga para você, brincando. Enfia-lhe na cabeça.

Olá, diz ele.

Não diz nada. Tira a camisa dele de cima de você.

Ele não saberá o que você sabe sobre ele; agora não é o momento certo.

Talvez nunca venha a ser o momento certo.

Lição 129

temos um forte instinto maternal dentro de nós

A parteira lhe diz que a cabeça do bebê está virada para baixo e pronta para sair. Lê na *Vogue* que um menino faz a mãe parecer mais masculina por causa de todos os novos hormônios que invadem o corpo dela e, no entanto, lê que uma menina rouba a beleza da mãe. Poderá ser verdade? Gortaria de ter um homem e não gostaria de ter. Está cansada. O hospital lhe receitou um suplemento de ferro para reforçar a sua energia e as suas fezes estão duras e pretas como tinta. Sente-se velha, o bebê está lhe sugando, tem cãibras insistentes nas pernas durante a noite, candidíase com ataques furiosos de coceira e muitos gases. Queixa-se muito. Cole ri e manda que relaxe ou o bebê nascerá rude como um boneco de latão.

Não consigo, diz-lhe, não faz ideia do que é isso.

Ele é tão constante, tão confiante nestas últimas semanas e em outro momento teria pensado que isso queria dizer que ele não era inquieto nem corrompido como você, e sim descomplicado, aberto, limpo. Em outro momento.

Será possível ficar ainda maior do que isso?

O bebê empurra e espeta os punhos em você e você consegue sentir, intensamente agora, o desejo de sair. Está tentando escrever o máximo que pode, no pouco tempo que lhe resta, só seu. Os seus dedos voam sobre o teclado quando Cole não está em casa. O bebê ainda se contorce quando trabalha, oprimindo-a: psiu, sussurra, já falta pouco. A mala com as suas coisas está pronta. O bebê já está em posição, de cabeça para baixo, com a coluna obedientemente para a esquerda, preparando-se para sair. Consegue pressenti-lo chegando, em breve, e faz o ninho como uma loba retirando-se para as montanhas.

Dorme dezesseis horas por dia agora, é mais forte do que você, não consegue vencer a necessidade do seu corpo. A casa está imaculada, todas as roupas novas foram lavadas. Sente a vinda iminente de uma mudança avassaladora, como o granizo de uma tempestade espalhado pelo vento. Precisa se livrar do caos, viver mais sobriamente, agora, e mais honestamente, mais em sintonia com o que quer; não terá tempo para mais nada. E por entre tudo isso arde algo profundamente físico, um desejo velho, selvagem e uivante, algo enterrado durante muitos anos, agora libertado. Sente-se como um animal, puramente animal. Rende-se a essa sensação.

Lição 130

nos três meses posteriores ao parto, o casal deverá ter vidas em separado

É o dia que a ultrassonografia apontou como a data mais provável para o parto.

Mas o bebê não quer sair, não está pronto. Arranjou uma posição confortável lá dentro, com o calcanhar apoiado na sua costela, e recusa-se a mexer. Sente o seu corpo dizendo espere, descanse, ganhe mais forças.

À noite, uma ondulação na sua barriga, abaixo do umbigo, como uma onda de trovões no deserto, que acaba por não se materializar.

Durante uma semana, nada.

Apenas as ocasionais contrações de Braxton Hicks, as manhosas, fingidas. São como um rolo deslizando em massa irregular, lhe esmagando e esmorecendo. Cole está impaciente, agora, leva a boca à sua barriga e tenta convencer o bebê a sair. Tenta de tudo: champanhe, beliscões nos mamilos, abacaxi, curry, chá de folha de framboesa, tudo menos sexo. Não está pronta para isso.

Ou para engolir o esperma dele. Ouviu dizer que funciona. Não lhe ocorre nada pior e é uma das coisas de que ele mais gosta. Nunca mais quer fazer isso por ele.

Gabriel nunca esperou que o fizesse, nunca pediu.

Lição 131

a paciente deve se deixar ficar submissamente de costas, sujeita ao suplício de uma ligadura mais apertada e de outros remédios que a enfermeira ou o médico possam sugerir. A paciente deve fazer força num lençol atado à cabeceira da cama

Acorda às três da manhã com a sensação de ter uma nuvenzinha cinzenta vagando pelo seu ventre. Como se um gigante — ou Deus — estivesse apertando a sua barriga.

Corta as unhas, porque ouviu dizer que vai enterrá-las com tanta força na pele de Cole, que vai fazê-lo sangrar. Toma um banho, lava o cabelo; sabe Deus quando voltará a ser lavado. Assiste CNN, liga para a sua mãe. E em alguma parte desse frenesi dá por você no banho que Cole lhe preparou e ele está no quarto do bebê passando a camisa a ferro, porque não sabe mais o que fazer e nunca ouviu você dizer *foda-se*, meu Deus, *foda-se* e de uma maneira tão possante e depois grita para ele ligar para o hospital, por favor, para levá-la. Cole mete as coisas no carro, a ajuda a entrar e você amarrota as suas roupas, tentando despedaçá-las com as garras, não sabe por que, algum instinto de fera dentro de você; não ter nada sobre o corpo, nem sequer um relógio, e num sinal se agarra à mão de Cole como nunca antes, agarra-se fortemente às mãos. Tem contrações como se búfalos selvagens lhe dessem coices, meu Deus deixa o bebê nascer, nascer.

Cinco horas depois da primeira agonia na sua barriga, dez minutos depois da bolsa d'água ter arrebentado, o bebê sai como um peixe atirado num jorro de água para o cais. Deu à luz de cócoras, só com os gases anestésicos e o ar para te ajudarem, e lhe Cole e a parteira no quarto. Um parto exemplar, diz a parteira depois. Um parto fácil, ri a sua mãe ao telefone. Diz-lhe que nenhum trabalho de parto é fácil, que houve um momento em que sentiu que estava se rachando ao meio, que houve uma altura em que disse para si mesma, muito calmamente, que *nunca* mais voltará a passar por isto.

Não sabia que se defeca durante o parto.

Não sabia que há sempre muito sangue.

Não sabia que horas depois do parto a sua barriga parece um bolo saído das mãos de uma criança, todo afundado e mole no meio.

Não sabia que o amor era assim.

Lição 132

no momento em que qualquer parte de um corpo vivo para de mudar, morre

Cole está numa cadeira ao lado da cama onde deu à luz. Está sentado com o corpo todo curvado sobre o seu filho chorão, como se para protegê-lo do brilho das luzes de hospital e da parteira, enquanto ela costura a sua vagina. O rosto dele está exausto, vermelho, cru, está molhado por grandes riscas com uma lágrima pendurada na ponta do nariz.

Todo ele é espanto e amor e choque diante da mãozinha como a de um extraterrestre que se estica da manta e agarra no polegar dele e o aperta com força. Como se este fosse o momento supremo da vida dele, como se você já pouco importasse.

É tão estranha e soturna, essa ideia. Debruça-se e acaricia o seu marido, uma vez, no vão por trás da orelha, como que pedindo desculpas. Ele sorri, não levanta os olhos, beija a unha do filho; é do tamanho da cabeça de um dos pregos da caixa de ferramentas dele.

Lição 133

todos têm que viajar, nem que seja pela vida, se não forem para fora

A pele do seu filho é o seu novo terreno, anseia por ela quando está separada dele, quer inspirá-la como o céu do deserto durante um inverno inglês, mas a necessidade é pior, muito pior.

E libertou-se, por agora, de um tipo de necessidade mais espinhosa.

Chama-se Jack.

O rosto dele está se revelando. As orelhas são como duas rosinhas achatadas. O cabelo, alisado, é a espiral de uma concha; despenteado, um lago ondulado. As pequenas unhas são macias e irregulares até que as corte, as mãos, agitadas durante o sono. Os olhos são profundos, vazios, escuros e parecem não ter fim. Será que ele a vê? Não sabe. Reconhece a sua voz, tem a certeza disso, e o seu cheiro e o seu mamilo, ah, isso sim. Está exausta. Hipnotizada. Ele preenche todos os cantos da sua vida.

Quando a sua mãe visita o hospital, pega nele constrangida, como se fosse de porcelana; com medo da fragilidade dele. Que estranho, pensa: ela já passou por isto. Talvez tenha perdido o jeito. Talvez não queira que Jack chore.

Quando é que toma conta da criança por nós, vovó, brinca Cole.

Talvez daqui a um ano ou dois, ela ri, com uma ligeira agressividade.

Talvez seja essa a chave: ela não se sentirá à vontade com Jack enquanto ele não deixar de ser um bebê e se tornar uma pessoa, vai ter que esperar um ano ou mais. Ou talvez queira que você firme bem os pés na terra em relação a isto, lhe dá espaço. Não insistirá. Ao observá-la, percebe que não tem o direito de esperar que ela se envolva muito. Por mais que desejasse.

Lição 134

o azar recai sobre algumas pessoas suscitado pela má conduta de outras

Martha lhe visita no hospital. Jack chora quando ela o pega e você diz para ela pôr o dedo mindinho na boca dele. Ele se cala.

Uau, diz ela.

A princesa Diana costumava fazer isso. Tudo o que sei sobre maternidade aprendi com a televisão.

Riem as duas.

A sua mãe não está lhe dando uma ajuda, pergunta ela.

Não, nem está. Não me parece que queira, não sei por quê.

Talvez tenha medo de ser surpreendida numa falha.

O que quer dizer com isso?

Bom, ela sempre fez tudo tão bem na vida. A última vez que cuidou de um bebê foi há uma eternidade e suponho que as coisas tenham mudado bastante desde então. Talvez não queira que você veja que ela já não sabe muito bem o que fazer.

Lembra-se dela segurando Jack à sua maneira enferrujada e constrangida, não querendo que ele chore. A sua pobre, querida, impenetrável mãe, que odeia sempre ter que admitir que há determinadas coisas que não consegue fazer. Talvez, talvez Martha tenha razão.

Ela pergunta, quando vai sair, se já sabe das novidades do Gabriel. O seu estômago contorce-se; graças a Deus que Cole não está por perto para ouvir a menção daquele nome. Como é que ela soube dele, não consegue perguntar, porque vai corar, não quer saber de um casamento, de uma mulher.

Ele voltou a aparecer na biblioteca, diz Martha. Estava completamente mudado. O cabelo curto. Uma camisa nova toda engomada. Sapatos novos. Parecia, não sei, *digno*, respeitável. E depois Martha se aproxima, fala baixinho, distintamente: ele me disse que esteve na Espanha. Ela abranda. Disse que esteve tentando superar uma separação completamente avassaladora. Pela maneira como falou, parecia que era o amor da vida dele.

A sua respiração fica presa na garganta.

Consegue imaginar? Já viu que surpresa? Ele não me disse mais nada. Mas, depois, e essa parte é que teve graça, me disse que eu tinha que ajudá-lo a arranjar uma namorada. Disse que era o seu novo objetivo.

Não consegue falar.

Preciso dizer que tive vontade de falar logo, eu, Gabriel, eu, eu deixo Pat, faço o que você quiser, ri Martha.

Murmura, hum.

Lição 135

não nos esqueçamos de que, ajudando os outros a buscar a felicidade, encontramos nós próprios a nossa

Ouve-a antes de a ver, reconhece automaticamente o matraquear dos seus saltos no linóleo. A determinação neles, a energia de alguém que nunca está tranquilo. Depois conhecida roupa preta desce o corredor do hospital. E o rosto, conhece-o tão bem, cada nuance, conhece-o melhor do que o de Cole ou da sua mãe. É claro que a receberá agora, mudou. Sente-se poderosa, mais poderosa do que nunca. Como uma pessoa séria, agora, mais rica, mais profunda, cheia de sumo.

Olá, sumida, você diz, adiantando-se.

Olá. Ela está desconfiada, um dos cantos da boca levantado, o outro recaído. Não sabe por que veio, talvez seja por curiosidade, mas o que quer que ela lhe atire nas mãos, estará pronta para receber, ela não pode tocá-la agora, vê-se no seu sorriso. Traz uma garrafa de champanhe e um macacão bem grande, com muitos fechos.

Examinam ambas a sua complexidade: entendo tanto destas coisas quanto você, ri.

Deus te cuide.

Os dedos dela são inexperientes quando pegam no bebê, ela se apressa a pousá-lo. Senta-se na beira da cama e você lhe passa dois copos e solta a rolha do champanhe. Sentam-se sem palavras durante um bocado, olhando para o rosto uma da outra. Há muito para dizer portanto nada é dito, sentam-se de cara aberta, lendo as mudanças em ambas as suas vidas. Nada pode descrever a complexidade da relação que partilharam, e não partilharam. E por onde começar, agora. O seu filho está ao seu lado, dormindo, consegue sentir o calor do corpo dele. Os braços abertos, todo cheio de entrega, todo cheio de confiança.

Como está a amamentação, pergunta ela.

Está correndo bem. Sem problemas, por enquanto.

Ainda bem. Tive uma cliente que só conseguiu amamentar durante três semanas, porque sempre que a boca do bebê lhe tocava no mamilo ela tinha um orgasmo. Disse que foi maravilhoso no primeiro dia, mas completamente cansativo depois disso.

Riem. É bom, de certa forma, ter Theo de volta.

Tem tanta sorte, diz ela.

Eu sei e depois mais baixinho, eu sei. Percebe no rosto dela uma súbita pontada de dor, como uma nuvem errante deslizando à frente do sol, mas depois desaparece; estica a mão para ela. Ela afasta a sua.

Não suportava pensar em você, quando soube que estava grávida. Nunca pensei que me afetasse tanto. É que... e ela para, baixa os olhos para Jack. Eu dava tudo só para ter uma coisinha destas.

Nem consigo imaginar o que você deve ter passado.

Então.

Ai Diz.

Nada deu certo. Disseram-me para desistir. Ela está à beira das lágrimas, está contendo-as. Inclina-se para a frente e abraça-a, ela desmorona. Então, diz muitas vezes.

Não era para ser assim, nosso reencontro. Abraça-a até ela parar de soluçar. Ela enxuga as lágrimas com as costas da mão; o rímel fica borrado com traços pretoas.

Desculpe, lhe diz ela.

Não consegue responder nada. Limita-se a acenar com a cabeça, não vai chorar, não lhe dará essa satisfação.

Devíamos marcar um encontro um dia desses, diz ela. Quando voltar para casa. Quero... ser uma amiga melhor para você.

Sim, um dia desses.

Sem ter a certeza de quando voltará a vê-la, sem ter a certeza do que quer fazer, agora, com a sua nova vida.

Cole diz que vocês ainda se veem de vez em quando para tomar uma bebida, diz, incitando uma resposta: perguntando se isso também não será mais uma mentira engenhosa.

Prometo que não vou para a cama com ele, está bem, irrita-se ela, a raiva ardendo em seu rosto, e volta a olhar para Jack. Não lhe diz nada. Vira a cara para o teto, sorri: já não importa, ela não pode tocá-la, não consegue irritar você. Está vivendo, agora, uma vida tão mais vasta. E nesse momento em que ergue o rosto para o teto, de olhos fechados, toda a incerteza que tem dentro de você desde a carta de Theo — sobre o que fará, sobre como proceder daqui em diante — rompe-se finalmente e a decisão cai sobre você como uma garoa. E Theo nem percebe. Baixa a cabeça, sorri-lhe serenamente.

O seu filho está ao seu lado; a forma quente e firme do corpo dele, e ela nunca poderá ter isso. Finalmente, finalmente, há uma coisa que você tem que ela não terá.

Lição 136

a jovem mãe acaba de receber a coroa da condição feminina e, na contemplação e educação do seu filho, sente que ela própria renasce para um mundo de prazeres

Escreve em ímpetos de vinte minutos, uma vez ao dia, duas, se tem sorte. Jack não lhe permite mais do que isso. Senta-se à sua mesa naquele momento maravilhosamente claro, brilhante e curioso da manhã, em que o dia dele ainda não foi corrompido por mudanças de fralda, gases ou sono a menos.

Seis semanas depois do parto, as flores ainda enchem a casa, desabotoando-se e soltando pétalas. Os cômodos têm o brilho suave e novo dos recém-casados. Ainda sangra, quase nada. Os seus genitais ainda cheiram a carne e pele. O músculo da sua barriga está dividido, ainda o atravessa uma linha de pigmentação. Os seus peitos insuflaram-se, caíram e estão marmoreados de veias azuis, como rios assinalados num mapa e quando vai ao banheiro ainda se sente desconjuntada e solta, e é um tormento quando a urina cai na ferida, todo o seu corpo se retrai de choque. Está com constipação, das graves. O músculo rasgou na parte de trás da sua vagina e lhe disseram que quando sarar deixará uma cicatriz dura e que mais tarde talvez fique incontinente. Nada disso importa.

Tanto amor.

O êxtase, o êxtase desse amor.

Ele se infiltrou nos seus dedos, unhas, roupas, lençóis, cabelos. Nunca conheceu outro corpo tão intimamente. O cheiro do seu hálito leitoso, as palmas das mãos, as pregas com talco das suas virilhas. Tem ciúmes do sono dele, porque o afasta de você. Cole se oferece para lhe dar a mamadeira de vez em quando, para você descansar, e Jack mama o seu leite extraído, frenético como um vitelo na teta da mãe. Dorme ao lado do seu filho, tão juntinho, como se fosse um amante, o seu braço à volta dele, cara a cara, e os seus mamilos pingam leite aguado, branco-azulado. Às vezes pensa que ele é um insaciado, que você não passa de uma máquina de alimentação e retrai-se da voracidade dele. Mas depois ele sorri e o amor que sente é novamente selvagem, desenfreado, maior do que você. A Germaine Greer, coitada, estava enganada: este não é um declínio catastrófico na sua qualidade de vida, é a vida tornada luminosa.

Encontrou uma espécie de paz junto dele, especialmente quando está amamentando. Libertou-se de tudo o que é alheio a ele porque, simplesmente, já não tem tempo. Perde-se contemplando dias inteiros de ouro na presença dele. Sabe, agora, por que é que um homem vai para casa na hora do almoço por causa do filho. A cabecinha de Jack cheira a costa salgada, a poças de água nas rochas da maré baixa, e quando lhe pega e o cheira, está subitamente de volta às férias de verão de há muito tempo, ao céu, ao mar, ao sal e à areia. O cheiro não erótico mais poderoso de todos, sem dúvida. Sente-se drogada por este assombroso mundinho, esta lua de mel com o seu bebê, em que nada, por agora, consegue penetrar.

Lição 137

todos os dias trazem novos deleites perante o consciente fortalecimento do corpo e desenvolvimento da mente

Uma pizzaria barata na esquina de sua casa. Cole está sentado à sua frente e Jack dormindo no carrinho ao seu lado, encostado ao banco. Cole endireita-lhe o chapeuzinho. Gosta do seu marido por motivos diferentes, agora; por trocar as fraldas sem se queixar, secar o filho com tanto cuidado depois do banho, pegá-lo no colo até ele se acalmar.

Só Deus sabe quando voltará a fazer amor com Cole, o desejo murchou na sua vida com a mesma rapidez com que se revelou e não sabe quando, se é que algum dia, retornará. Não sente tristeza, é apenas um fato. Nesse momento, não consegue suportar o desejo sexual e a maternidade ao mesmo tempo. As suas fantasias desapareceram por completo. Tem saudades delas mas, de repente, não é capaz de as evocar do pé para a mão. Tem a certeza de que, um dia, voltarão; Tomara.

Jack acorda e se espreguiça todo como um cachorrinho, os braços por cima da cabeça e os punhos fechados. Está avassalada pelo amor esmagador que o rodeia. É feroz, a onda de alegria, a ternura da família, amigos e desconhecidos que cercam o recém-nascido. Que Deus abençoe o bebê, diz um empregado no restaurante quando vocês vão embora e o seu coração transborda. Sorri enquanto desce a rua, brota de dentro de você, não consegue se conter.

Lição 138, a última

dar banho, lavar, mudar as roupinhas

Gabriel, na rua.

Está empurrando o carrinho ao lado de Cole, foram às compras na Baby Gap. Estão discutindo, Cole quer que vista o casaco em Jack mas você sabe que ele está suficientemente agasalhado.

Depois, isto.

Os seus olhares se cruzam, passam um pelo outro sem um reflexo de reconhecimento, exatamente como prometeram um ao outro, um dia.

Mas viram-se ambos para trás. Ele sorriu segredos para você, num instante fugaz.

A multidão se fecha sobre você e ele desapareceu.

O seu coração ressoante, o seu coração ressoante.

Cole inclina-se nos semáforos e abotoa o casaco de Jack. Você sorri sem dizer nada. Pensando no livro que vem escrevendo; fez tudo o que diz nele, mas o seu marido nunca deverá saber, porque é a boa esposa. Eis o fim que escolheu: está parada numa esquina da rua, uma imagem de domesticidade com uma saia cor-de-rosa e boina, com um carrinho de bebê à sua frente e o seu marido ao seu lado e, nesse instante, sente-se forte e enérgica como mercúrio, mas ninguém diria isso. O seu exterior e o seu interior não coincidem, e como você gosta disso. Uma grande e alegre felicidade paira sobre o seu dia. Pensa na sua anônima amiga isabelina que a acompanha há tanto tempo, incitando-lhe. Conta-lhe a história de uma fase estranha e reluzente da sua vida. Não há outra ainda que valha tanto a pena contar.

Post-scriptum

E aqui termina o manuscrito. Desconhece-se até hoje o paradeiro da minha filha. O carrinho do meu neto também foi encontrado à beira do penhasco, mas os seus corpos nunca apareceram.

Caro leitor,

Provavelmente você está se perguntando por que é que decidi escrever este livro anonimamente. *A noiva despida* é um livro profundamente íntimo e eu tinha motivos muito pessoais para não querer o meu nome vinculado a ele. Não quer dizer que se trate de um livro autobiográfico; ele é muitas coisas, ficção e não ficção, fantasia e fato, uma colcha de retalhos feita não só das minhas próprias histórias mas também das das minhas amigas. A questão é que eu queria escrever um relato escrupulosamente honesto sobre a vida secreta de uma mulher e só me senti à vontade para o fazer ocultando o meu nome. Assim que tomei essa decisão, me senti livre; de repente, conseguia escrever com uma liberdade excitante, dizer coisas que nunca ousara contar a ninguém — especialmente aos amantes que tivera ao longo dos anos. Senti-me despida pela escrita deste livro e deduzi que o anonimato protegeria não só a mim e à minha família, mas também às amigas que me revelaram, com tanta confiança e ousadia, as suas próprias histórias.

E depois havia ainda o livro que inspirou o meu: o misterioso texto do século XVII, intitulado *O valor das mulheres*. A sua autora optou pelo anonimato e a minha reação foi fazer o mesmo. Escrevi cerca de quatrocentos anos depois dela, gozando das liberdades de tantos avanços feministas e, no entanto, estranhamente, senti o mesmo tipo de restrições que estou certa de que ela também terá sentido, ao escrever com total franqueza sobre os verdadeiros desejos das mulheres. Isso me fascinou. O anonimato, para nós duas, permitiu que fôssemos francas, críticas e, ocasionalmente brutais, sem quaisquer sentimentos de culpa ou medo pelas repercussões que se fariam sentir nas nossas vidas privadas.

Não tive a sorte da minha antecessora — fui descoberta por um jornalista antes mesmo da publicação do meu livro. Portanto, o que fazer, depois de a minha identidade ter se tornado de domínio público: publicá-lo com o meu nome, ou honrar o espírito com que o livro foi escrito? Querido leitor, preferia que não soubesse a minha identidade; preferia que aceitasse o secretismo com que o livro foi escrito. Gostaria que compreendesse por que motivo, enquanto esposa e mãe, me abstive de pôr o meu nome nesta obra, apesar de me sentir impelida a escrevê-la e de estar contente por tê-lo feito. Mas há algumas pessoas que não vão querer aceitar isto, e é a elas que se destina esta carta.

Por fim, gostaria de indicar alguns livros que consultei, enquanto estava escrevendo *A noiva despida*. Existem dois textos vitorianos que encontrei na Biblioteca de Londres, que me deram os títulos das lições: *Household Science: Readings in Necessary Knowledge for Women*, do Rev. J.P. Faunthorpe, e *A Woman's Words to Women on the Care of their Health in England and India*, de Mary Scharlieb; e claro, o intrigante e ousado texto anônimo que inspirou o meu livro, *Woemans Worth*, também conhecido como *A Treatise Proveinge by Sundrie Reasons that Woemen Doe Excell Men*, cujo manuscrito se encontra na Biblioteca Bodleian, em Oxford.

N. J. Gemmell

Este livro foi composto em
Original Garamond BT para a Leya
e impresso pela Geográfica
em outubro de 2012.